献给巴黎，献给蒙马特，以及世上的男男女女

他们的她们

张佳玮 著

北京联合出版公司

目 录

他们

19世纪的巴黎，吞噬美貌的黑暗　3

浮世绘之美人春画　7

好女人、坏女人、孽女人　15

模特与画家　23

那么多不穿衣裳的维纳斯　28

男神们　35

情欲的经历与姐姐们　40

艺术家们的尊严　45

迦拿的婚礼　50

你觉得希腊该是怎样的？　59

雷诺阿最快乐的时光　66

雷诺兹 VS 庚斯博罗：憎恨与敬爱　71

达利与毕加索：爱与追逐　78

梵高：1886—1888，遇到歌川广重　86

米开朗基罗，一生只为一个人画过肖像　95

史上最传奇的刽子手　101

他＼她

《月光奏鸣曲》被曲解的传说　109

波纳尔和玛尔黛　114

罗马史上第一艺妓　119

那个海明威不愿意提及名字的女人　125

亲手描绘妻子遗像的莫奈　130

世上最美的女人　139

苏珊娜·瓦拉东，一个彻底的女人　147

为你而写的幻想曲　151

殉梦者菲茨杰拉德　156

雅姆·蒂索和凯特琳·牛顿　173

自拍魔女雷卡米尔　180

奥林匹亚　186

巴拉圭的女王　191

劳伦斯与他的母亲　195

叫作韦罗妮可的包法利夫人　199

劳特雷克与拉古略：蒙马特与红磨坊的风流与幽暗　203

托凯的蓝色眼影　208

它们

爱欲的情境与投射　215

美貌的诅咒、暴力与威权　220

狐仙　224

人们为什么爱金色　229

奢侈的秘密　234

文艺青年的巴黎　238

他们

19世纪的巴黎,吞噬美貌的黑暗

在巴黎,非得找个妓女才算数吗?

至少张爱玲的《红玫瑰与白玫瑰》是这个意思。佟振保留学时在巴黎,自觉"大家都当我来过巴黎了",总觉得还缺些什么,最后找了个巴黎妓女。事后,很不喜欢她过于职业的气息。

然而没法子,那就是老年间的巴黎了。做这行,都是很职业的。

19世纪,巴黎一度叫作"新巴比伦",是欧洲最早用上拱廊商店街的所在,欧洲最伟大的城市。前四届世博会在巴黎开了两届,前七届世博会巴黎占了三届,情色业也不免水涨船高。商业、现代科技、艺术与文化,都在为情色业帮忙呢。

现代科技?嗯,是的。话说,1766年,巴黎才开始有大批路灯出现,先前出门,是两眼一抹黑。当时全欧洲都如此:爱丁堡的天才、亚当·斯密先生的弟子詹姆斯·鲍斯维尔,在此前四年游历伦敦,跟一个妓女在西敏寺桥上露天乱搞,无人发觉,就因为那时伦敦太黑了。1812年,巴黎开始用煤气路灯。1825年开始,布鲁塞尔、阿姆斯特丹和巴黎陆续建起了贯通全城的煤气路灯,于是方便了站街女郎。波德莱尔有诗曰:

"路灯亮了,妓女们的脸被点燃了。"

19世纪后半叶,巴黎是全世界最没禁忌的城市。良家妇女可以去的地方,妓女们也去得。按说妓女应该注册,但非法游妓也不少,警察管不过来。路灯下,穿着貂皮、着了妆的女孩子眼尾轻扫,哪位先生走过来,停了停,双方就都懂了。妓女走开几步,先生尾随,然后两人便摸黑走过胡同,爬上一道梯子,找到卧房解决问题……老练的烟花女子,懂得如何用路灯照亮自己该照亮的地方,遮盖自己想遮盖的所在。当然也成全了不少小流氓。那会儿,盗匪派年轻男孩子刮光胡子扮女装,灯下一站,等冤大头过来,勾引到墙角,一拳闷倒偷东西,可是惯技。

普通一点的姑娘,不站街,而去咖啡馆。她们也许兼着几份职,唱歌、弹吉他、做女侍。这类姑娘,最得学生和艺术家喜欢。学生会觉得与她们交往,不失浪漫;艺术家喜欢请这类姑娘去当模特,混熟了当了情人,也许价格还便宜些……印象派那批从咖啡馆里混出来的画家,交接过许多类似的女孩:马奈的模特苏珊娜,雷诺阿的模特瓦拉东,最初都在咖啡馆卖过艺,入了画室当模特后,自己也学画画,成了大家——那是后来的事了。

再高级一点的,等闲人是看不出情色痕迹的。她们浓妆华服,在歌剧院街之类的地方出没,自己有马车,有女仆,有的还有宅子。玛丽·安娜·德图尔贝,第二帝国时期的著名情妇,三十五岁上嫁对了人,成了罗伊内斯伯爵夫人;布兰切·德·安蒂妮,法国名歌者,当过俄罗斯大佬梅森索夫的情妇,在彼得堡待过一段时间,回来后成了巴黎首席歌剧天后,到处留情,成了左拉小说《娜娜》的女主角原型,还和埃及当时的苏丹有过一腿。当然,我们最熟悉的是玛丽·杜普莱西:十五岁

亨利·热尔韦:《罗拉》

做裁缝，十六岁成为交际花，在歌剧院包厢里浓妆而坐，等着人来包养。四年后，她和小仲马交往，二十一岁开始跟钢琴之王李斯特在一起，二十三岁病逝，小仲马为她写了著名的《茶花女》。

听上去有些诡异，但比利时的亨利爵爷曾如此形容："在巴黎，没有一个浓妆艳抹的女子不想出卖些什么……"跳芭蕾舞的少女，歌剧院的歌者，红磨坊的舞者，任何可以炫耀美貌的舞台，在19世纪的巴黎都可以是陈列的橱窗，炫耀美貌，待价而沽。有些成了传说，艳名远播，可以靠伟大的情人和财富遮盖以往的一切，但大多数没那么幸运，她们自己也清楚。这是19世纪末20世纪初，巴黎许多女子爱吸鸦片的缘由。

"美丽是会随时间流逝的，而失去美丽之后意味着末日。所以她们只想快乐地早些结束生命。"当时的美女玛格丽特·贝兰杰如是说。

所以依靠美貌生存的女人，在19世纪可以那么不要命：勒细腰、不健康的饮食、纸醉金迷。无论在路灯下扫着男人的眼睛，在咖啡馆透过雾霭看着男人的眼睛，还是在歌剧院包厢里扫视周围的眼睛，其下都有一种末日恐惧。要么美着，要么死掉，最好是美貌、年轻又快乐地死去，没入黑暗之中。所以她们喜欢夜：这灯火明亮却又幽暗的巴黎，就是这些美貌最好的消逝之处。

浮世绘之美人春画

美人绘,是为浮世绘中一大类。

然而美人绘中的美人,一如浮世绘的画师,都是风流狷介,但浮沉俗世之间。按,江户年间,上等的画师,学狩野派,学土佐派,去为将军画屏风,去为寺庙画墙壁;落拓一些的画师,许多还是从狩野派、土佐派中放逐出来的学徒,做浮世绘,取悦世人。

役者绘,是歌舞伎们的画像;美人绘,当然也极少是良家女子。无论中外,20世纪前大多如此:女模特,大多出身不太好。19世纪法国画家们的模特,若非画家的情人,就是妓女、情妇、舞者或马戏团成员;浮世绘的美人,多是艺伎甚或舞伎。

美人绘,画了印罢,江户百姓买回家去贴墙;画师有模特,艺伎或舞伎以此自我宣传,各得其所;但这江户时的明星海报,也不会有人天天买——所以江户美人绘画师,大多兼着点不好见人的活儿：春画。春画者，春宫图也。

美人绘之祖菱川师宣，风格优雅、温柔、绰约又古典。著名的《见返美人图》，和服华丽，仪态曲折。他老人家表里一致，刻画客人与妓女时，也是含蓄温柔，美国评论家所谓"健康的性感"：男女都是容貌如画，客人搂着妓女求欢，妓女展颜微笑，半遮半露，端的是好——唯一的不妙是，乍看，怎么都不像色情场面啊。

下一代的画师，就想了点办法。奥村政信画美人，以天真鲜活、花枝招展为胜。美人的和服与宠物，一律花团锦簇。画起春画来，也是一派天真无邪：看画里这对的表情，一副无辜相；看下半身才吓一跳。妙在脱在一旁的衣服，花式纹绣，丝毫不苟。这就是奥村政信的风骨了：好好地画男女做爱，他偏要着意去画衣服！

锦绘的大宗师铃木春信，善于让姑娘摆造型。春信笔下的女子，优雅轻快，造型时髦。时人都说，铃木春信的画饱含诗意，简直看着画都能吟出词曲来。若要论美中不足，那便是：他画的人物过于理想美。于是看着美，但颇为别扭，以至于他笔下的春画，男女做爱都得摆着很团圆的造型——可是正常人不会这样吧？

顺便说一句，铃木春信的审美，代表明和年间，大约1765年前后的审美：脖子修长，樱桃小口，溜肩细腿，风摆杨柳，纤弱之极。

铃木春信笔下的美人

再过二十年,风格又变了。鸟居清长创造了天明年间的美人形象:嘴角上扬,眉目清朗,而且手长脚长,十头身——高得简直离谱。所以鸟居清长的画,尺幅格外夸张:美人如果立着,那是十头身;美人躺下来男欢女爱,尺幅也宽。寻常枕席真不够她们折腾的。

与鸟居清长同时代的鸟文斋荣之,到晚年走火入魔:鸟居清长不是十头身吗?我来个十二头身!——高挑优雅,到此就算是极限了。当然,十二头身的姑娘,跟男人欢爱起来也是费尽周章,弯腿曲腰,才配得好这个体位啊!

终于有人觉得:够了!够了!!不要再高了!!!女人要高有什么用?

1791年,三十八岁的喜多川歌麿,决定转型:他开始画美人大头绘。美人的身段?不要紧,让美人的脸蛋铺满全画吧!

于是1792年到1793年间,著名的《宽政三美人》出来了。

现在这三位美人,堪称日本江户美女的形象代表。中间那位是富本丰雏,花街吉原的艺伎,因为善于富本节的歌舞而得其名。虽然与另两位一起梳着当时流行的岛田髻,但她是唯一穿着艺伎服饰的。左手边的姑娘是阿久,煎饼茶屋家的大女儿,兼着招牌美女,也就是今日所谓的看板娘,一般认为她十六岁。右手边的姑娘最为有名:阿北,浅草观音随身门下茶室的看板娘,传闻那年十五岁。她们三位,就是当日江户最美的三人了。阿北尤其是个传说:当日天智天皇特意到江户浅草来喝秋茶,饮完起身付茶钱时，就是阿北接了的。

喜多川歌麿作春画，也还是按照他的风格：肌体温润丰满，女子眼尾修长，下唇凸厚。大概从这时候开始，美人绘不再走优雅秀美路线，而走性感路线了。

也就在《宽政三美人》出现之前三年，最后一位美人绘大宗师出现了。

1790年，溪斋英泉生在江户，如今的千代田区，一个武士家庭。本姓松本，后来改叫池田义信。十五岁元服，梳了头，去当公务员，两年后，跟上司闹翻了。

——听说这家伙跟谁都搞不好关系。

——是因为六岁时母亲过世，父亲又很严厉的关系吧？

十七岁，池田义信去学狂言。狂言、歌舞伎、画师，在当时是下九流的职业，武士们看不上，他偏乐此不疲。学着狂言，与混住在长屋的画师们交了朋友。也许在某次酒醉后，不小心暴露"我小时候也学过画画哟"，然后被怂恿了。二十岁，他开始学浮世绘。从此，他叫作溪斋英泉了。

他有个邻居，大他三十岁，也是个穷画画的，于是常一起聊天，那邻居说他偶尔也画春画。

"你用真名画吗，北斋先生？"

那个叫作葛饰北斋的邻居老头——现在我们知道，他是日本古往今来第一画家了——摇头，"不不，我的化名叫铁棒滑滑。"

喜多川歌麿:《宽政三美人图》

溪斋英泉想了想。

从此,江户多了两个叫"好女轩"和"淫乱斋"的画家——那是溪斋英泉的化名。

我们已经看到了:奥村政信的女子画得天真,铃木春信的女子画得优雅,鸟居清长的女子画得纤细修长,喜多川歌麿则爱画大脸长眼、丰润白净、肌肤温润的姑娘。

总而言之,大家都致力于将女性与性爱,刻画得纯真美好。

溪斋英泉却不乐意。

他既与贵胄阶层决裂,虽然私下里为人温和,公开场合却狂放不羁。

"情欲就是下等的。"溪斋英泉如是说。

他不爱描述上等的、窈窕的、温润的风雅感情,专喜欢画平凡但妖艳倔强的女人,以及她们直白到主动的性爱。三十二岁,他的《闺中纪闻·枕文库》,被江户男女当作性爱入门书。溪斋英泉笔下的色情场面,女性矮小,只有六头身,长着猫背,几乎无腰身,腿短,臀平,胸小,但是眼睛细长,下唇厚润,下巴尖削。每个女人的眼睛,都是细长带弯,细看带一点阴森。

一种奇妙的挑逗感与倔强。

那是江户后半叶的审美。美人们也从17世纪中期的温润到了18世纪中期的秀雅再到19世纪中叶的现实,欲望日益明白,人越来越能直面自己的感情。

当他人为他的名胜画之秀雅震惊时,溪斋英泉用粗人的语

调答道:

"俺就是画春画的!"

他很享受自己这个身份。这是他,江户浮世绘末代大师们的告白。到他这一代,终于放弃了附庸风雅,决意放荡不羁地面对自己的命运与角色。

溪斋英泉与葛饰北斋虽然相差三十岁,但谢世的时间脚前脚后。那是江户真正的末年,彼时离明治维新还有不到二十年。

好女人、坏女人、孽女人

前几天，MALINGCAT老师写了一个埃斯特拉和博尔赫斯的段子，我顺口跟她扯了几句，她也觉得博尔赫斯跟他母亲的关系略显奇怪。然后，黎戈老师写了个段子，聊作家们的伴侣。纳博科夫家那位薇拉阿姨——替他打伞、对付出版商、备课，在康奈尔上课时坐第一排，康奈尔校内戏言"雇纳博科夫先生还不如雇纳博科夫夫人"，随身带心脏病药以防纳博科夫见着好蝴蝶就厥过去，带支手枪以便见了托洛茨基就枪毙之——获得盛赞，而菲茨杰拉德夫人泽尔达得到的定评是：

> 老公没日没夜工作，供她吃喝玩乐享受生活，结果活活被榨干了灵感，枯竭而死。她是文学史上的女罪人之一，类似陆小曼之于徐志摩，海明威到老都在写回忆录骂她。

先说博尔赫斯他妈妈。

博尔赫斯的作品里,情欲戏出现不多。看他小说的读者或者会注意到,《第三者》《玫瑰角的汉子》里,情欲都是悲剧的主由。《乌尔里卡》末尾有个"占有了她肉体的形象",但其篇意味隐约。博尔赫斯追求的,是但丁对贝阿特丽丝那种高尚的情色遭遇。

他和埃斯特拉没成,一部分原因是他妈妈不喜欢埃姑娘。

博尔赫斯的母亲

博尔赫斯晚年视力渐弱,需要有人做他秘书,为他读书,为他做些誊写的活。这些是他妈妈做的。

博尔赫斯结婚时六十八岁。他许多朋友认为,博妈妈时年九十岁了,觉得自己大限不远,得有个人来照顾"我可爱的瞎儿子"。婚姻很短,博尔赫斯离完婚,回他母亲身旁继续生活,直到母亲大人以九十九岁高龄逝世。

再说泽尔达。

泽尔达十六岁时是舞会皇后。她高中毕业照有段话极见性情:

> Why should all life be work, when we all can borrow. Let's think only of today, and not worry about tomorrow.

白话就是能借钱就不工作,今朝有酒今朝醉。

二十岁不到她嫁了菲少爷,金童玉女。二十三岁上夫妻俩去了巴黎。海明威在《流动的圣节》里提到两件事:一是菲少爷想写字时,这姑娘就拉他到处灯红酒绿去,不让他安生;二是这姑娘骗菲少爷,说他尺寸不对,换别的女人根本没人要——菲少爷就信了。海明威总结这姑娘的性情是"兀鹰不愿分食"。

但这姑娘的怪事远不只此。此前,菲少爷写《了不起的盖茨比》时,泽尔达海滩游泳、舞会闹腾,认识一个男人后,跑回来跟菲少爷闹离婚——连那个男人自己都不知道泽尔达会为了他闹离婚。菲少爷后来的总结是:这女人有种戏剧性的需求,她是自己那奇怪梦想的受害者。人生如戏,她是真入戏了。后来泽尔达犯病,又是写半自传小说来和菲少爷闹腾,又是要日夜不停地跳舞,把菲少爷逼成酒鬼终于早逝之类不提。

两个小细节。

《了不起的盖茨比》开头著名的题词:

> Then wear the gold hat, if that will move her;
> If you can bounce high, bounce for her too,
> Till she cry "Lover, gold-hatted, high-bouncing lover,
> I must have you!"

1921年的菲茨杰拉德

(那就戴顶金帽子,如果能打动她的心;

如果你能跳得高,就为她也跳一遭,

直到她喊:"郎君,金帽儿跳得高的郎君,我一定得拥有你!")

就在泽尔达跟菲少爷闹离婚这事平息后不久,《了不起的盖茨比》写完了。菲少爷原本想的题目是:"长岛的特立马乔""特立马乔或盖茨比""金帽盖茨比""高跳爱人",最后泽尔达一锤定音决定了"了不起的盖茨比"。

按正常人标准看,博尔赫斯和他妈妈的感情,菲少爷和泽尔达的婚姻,都有些怪异。泽尔达对菲少爷的压榨尤其吓人,菲少爷英年早逝,决然和她脱不了干系。但是换个角度想的话……

博尔赫斯妈妈祖上参加过阿根廷内战,所以你可以发现博尔赫斯很爱写阿根廷内战。比起马尔克斯、卢尔福这类更接地气的小说家,他的博识、结构、诗情、智性,都显得更贵气、更小径花园。这些评价无分褒贬,单只是风格不同而已。设若他的妈妈不是这么个背景,不是那么个监护他一直到老的性情,博尔赫斯会变成一个什么样的诗人、散文家、小说家?

泽尔达对菲茨杰拉德的影响,以前谈到过。菲少爷小说里的南方,炎热、温柔、缱绻、慵懒、醉人。《松包蛋》《最后一个南方女郎》皆类此——而泽尔达是南方姑娘。

与南方相匹配的,是他喜欢勾勒璀璨烂漫、流金溢彩的半梦幻式故事。《了不起的盖茨比》不提了,《一颗里兹饭店那么大的钻石》就是如此——而泽尔达喜欢璀璨华丽梦幻的戏剧性。

一定有一个主角无法掌握的、独立自主的女主角——以上四篇里皆是。

如果没有遇到泽尔达,菲少爷或许会健康长寿,但他写出来的肯定不会是我们如今所见的《了不起的盖茨比》与《夜色温柔》了。

类似的例子还有好多。比如说,司汤达对他早逝的老妈,抱有一种"情人般的爱"。后来他进社交圈,想勾搭姑娘,可是他想得出好词儿嘴上却不能表达,人又矮胖,于是情路不顺。毛姆认为他勾搭姑娘通常不是为了情欲,而是为了满足虚荣心。很长一段时间,别人猜他是性冷淡,直到发现他写给情妇们的那些文笔华艳的艳照级情书。如果他不是伟大的小说家,很容易被归类为一个情色猥琐男。但是把这些一归清,你很容易理解许多细节:

比如,《红与黑》里于连第一个情人莱纳夫人年纪比他长;他对女人简直是招之即来;他完全可以靠才华和相貌谋一条富贵之途……

比如,福楼拜十五岁时爱上了二十六岁的施莱辛格夫人。到1871年施莱辛格先生去世后,福楼拜——距离他初见施莱辛格夫人已有三十五年——给她写了第一封情书。我想提一句的是，在福楼拜爱上施莱辛格夫人却又知无望后，他陆续谈过几段感情，失败了，他一度误以为自己没有性欲，于是进入了著名的乡间写作状态。

D.H. 劳伦斯一辈子的小说都多少会沾一点"矿工；一个心灵细腻的女人不满意粗疏冷漠的丈夫而寻求一些更自然更原始但更纠结的爱恋"这一主题，无论是《儿子与情人》里的劳工老婆还是查特莱夫人，受他自己的童年影响就不必提了。

当然也不是说，孽缘才成就大师。海明威到巴黎前后，他太太曾经把他的所有手稿都丢了。马尔克斯也经历过类似的事。当然，他们二位艰苦时，太太很帮忙。马尔克斯在墨西哥排队等移民局签证（顺便读卢尔福的小说）时，他太太在家里料理孩子。海明威直到《流动的圣节》里还在怀念他第一位太太，"我要是不爱她，还不如去死了好"。他1920年代的许多经典短篇，以及《太阳照常升起》，就是在穷迫但还算恩爱的环境下完成的——虽然最后离了婚。雨果的太太阿黛勒夫人在他写《巴黎圣母院》时负责把雨果的衣服藏起来，把人锁屋里，避免他钻出门去——这事可以推而广之。托尔斯泰那位堪称管理大师但占有欲强的太太，巴尔扎克那堆离离合合折折磨磨的情妇，柴可夫斯基那位富婆赞助人，维瓦尔第那位女弟子安娜·吉罗……这些故事里喜剧不多而悲剧不少，但如果抽掉她们，我们如今所见的世界会多少不一样。

可是大师标准的太太是没法选的。泽尔达能催生菲少爷，但是把她扔给纳博科夫，情况想必不会太妙；海明威第一任太太年长温柔，但拿去配对亨利·米勒那基本会完蛋。

大理论上，泽尔达式的灵感激发和灵魂折磨加纳博科夫太太薇拉的后期管理护持身心，肯定是最合适的：又苦其心志磨其筋骨，又保证有个好身体有点儿安全感可以量产伟大作品。但这种想法也只是空中楼阁，一来女性不是物件，不能随意分配；二来这感觉就跟我们讨论怎样的五花肉最好吃——最好那五花肉啊，是肥瘦相间，一层又一层，来个十层夹心五花肉，这红烧完，丝丝郁郁，一口下去那叫一好吃，然后大叫一声好猪啊。猪听到这儿都会暴起伤人了。

说这么多，也无非是一个意思：一把钥匙开一把锁。成就大师们的，不一定是好女人，也可能是坏女人或者怪异的女人带来的畸形感情。虽然许多女人坏得让人咬牙切齿，怪得让人毛骨悚然，但没了她们，我们如今所见的世界多少会有些不一样——当然这么说也有点只图把大师们当烤鸭吃，不管他们被填鸭时如何痛苦了。但拿米特福德说菲少爷的话：有时看去，他简直就像自己撞去泽尔达网中那样子。他写盖茨比的命运时未必没有一瞬间想到未来自己的命运，但不如此痴绝也写不出痴绝才子文章。除了感叹一句"孽缘啊"，也没什么可多说的了。

模特与画家

大妈大爷听说女儿去当了人体模特，脱光膀子围条浴巾，让一群小年轻端详着画，火透脑门，冲进派出所拽了几位就过来捉人，"这群人耍流氓！"——这类新闻煞是喜剧，20世纪80年代尤其常见，无非是老一代人的价值观和现代西方艺术水火不容、势不两立这事。可是真也不能说老一辈如何封闭、西方如何开明。早前，西方人过这一关时天人交战，真不比中国大爷大妈们舒服。

欧洲人也并不都跟《泰坦尼克号》里的罗丝那样，见了个杰克就戴项链脱浴巾，让人画不世名作。实际上到19世纪末，裸模在西方还是敏感话题。首先，裸模是有尊严的，维多利亚时代的英国要求，姑娘要当裸体模特，可以，得把脸遮起来；而且裸体画只许男生学，女孩子万不能涉足；而且裸模绝对只可远观不可亵玩，1886年，宾夕法尼亚艺术学院的托马斯·伊金斯动了手,在教室里当着男女同学,把一位男裸模遮羞的浴巾揭了——立刻就被学校开除。这些措施,看似给裸模面子,但裸模限制也多。在外面被全世界指指点点也就罢了,当模特也得有职业操守。比方说,男裸模如果摆着造型,不小心有了男性反应,立刻合同终止、酬金取消、永远剥夺当模特的资格,弄不好警察还会来敲门。

　　到19世纪,情势仍是如此,可以想见之前的时代,找个模特画画得被骂多少句"臭流氓"。中世纪时许多画儿不求形似,而求"体现上帝意志",所以忽悠几笔也过得去;但文艺复兴之后,世人要求画得逼真,可坑苦了画家们。名画家不愁模特,甚至还有模特倒贴钱求画,比如凡·戴克给英国国王画像、委拉斯凯兹给西班牙王室画像、布歇给路易王们的情妇画像,都是肥差,但他们也不是天眼通。拉斐尔那时代评论家认为,虽然他的画看来轻松优美,但"他画一个圣母背后,不知道呕了多少血"!同理,一个画像师傅能练到信手拈来惟妙惟肖,背后不知画累了多少模特呢。要命的事就在这里:模特是哪儿找来的?通常没奈何,只好把家里人端出来了。比如,提香就以自己太太为原型画了《花神》,然后哄到好哥们儿尼克罗夫妇,画了《天上的爱与人间的爱》;拉斐尔有那位秘书兼小情人兼模特玛格丽塔;马奈为了画画,曾经全家总动员,兄弟古斯塔大·马奈、小舅子费迪南·伦霍夫一起上阵,这二位少爷加一位裸女,就构成了1863年震惊法国的《草地上的午餐》。妙在那位裸女的原型，普遍被认为是马奈用惯的模特维多利亚·默朗，可实际上，那姑娘的脸生得像默朗，身段却来自马奈太太苏珊·伦霍夫。

在爱情面前，死亡普遍会显得虚弱。1879年，给克劳德·莫奈做了一辈子模特的莫奈太太卡米耶得结核病，已近弥留。莫奈为她画了最后一幅像，记录了她病榻上的样子，于是卡米耶在爱人笔下，永远停在了弥留前的模样。但另一个传奇更为夸张：意大利美女西蒙内塔，嫁给了马科·韦斯普奇，艳名惊动佛罗伦萨贵族圈。1475年，西蒙内塔二十二岁，名画家波提切利逮着机会，以她为原型，画了幅雅典娜。次年西蒙内塔过世，佛罗伦萨全城痛感美人已逝不可追，上千人步行为她送葬。

但美人并没有逝——至少在伟大的波提切利心里，没有。

此后的漫长岁月，波提切利的许多画里，都出现一张似曾相识的美丽容颜；他时常谈起，愿意死后葬在西蒙内塔的旁边。西蒙内塔逝世九年后，波提切利画出传世神作《维纳斯的诞生》，当时的佛罗伦萨诸公一见画中维纳斯，纷纷惊叹："呀，西蒙内塔！"

在1475年那次不朽的绘画中，波提切利记下了这张脸。佛罗伦萨的第一美人，在多年后被认定是文艺复兴第一美人。数百年后，你可以在网络上、画廊里、杂志页面上、iPad壁纸上，看到无数个《维纳斯的诞生》，那张西蒙内塔的脸。1510年，距西蒙内塔逝世三十四年后，波提切利以六十五岁之龄逝世，并且如愿以偿，长眠在了他挚爱的美丽容颜最近的地方。

波提切利:《维纳斯的诞生》

那么多不穿衣裳的维纳斯

文艺复兴后，欧洲艺术作品里裸女颇多。欧洲人认为，这是有渊源的：我们欧洲人，也不是特别好色，独爱裸体；这不是因为我们的文明源头，恰好是希腊和罗马嘛！希腊又偏地气温暖，大家一高兴就脱个精光；于是就觉得跑马拉松、扔铁饼、掷标枪、保卫城邦的裸男裸女最美；人体太美啦，所以希腊人描绘神，都长了完美的人体……如此这般，我们也只好爱裸体啦……

这些话，冠冕堂皇，无可指责；各美术史都会掰开揉碎，翻来覆去地讲。而裸女画既然以希腊为宗，当然也得追着希腊去，所以您若去看欧洲艺术作品里的裸女，一半倒是维纳斯题材。

早在 1500 年前后，意大利人文艺复兴，于是有了裸女像。1485 年，佛罗伦萨的波提切利画了这玩意儿——《维纳斯的诞生》。当时，油画还不流行，这幅画乃是蛋彩画，现在佛罗伦萨的真迹，已经有些暗了。

按，当年佛罗伦萨第一美人西蒙内塔逝世九年后，波提切利画出传世神作《维纳斯的诞生》，当时的佛罗伦萨诸公一见画中维纳斯，纷纷惊叹："呀，西蒙内塔！"——所以到现在，我们都还能大概分辨佛罗伦萨史上第一美人的模样。

这也就是所谓的佛罗伦萨文艺复兴风格了：人体很美，虽然构图之类并不全然写实。本来嘛，文艺复兴时，佛罗伦萨人追求的主要是人体美，不那么写实。看维纳斯那脖子，歪得不科学嘛。

二十五年后即1510年，威尼斯的乔尔乔内画了《沉睡的维纳斯》。这幅画跟佛罗伦萨的一比，就显出威尼斯画派的意思了。还没完呢，又二十八年后，乔尔乔内的师弟提香也画了维纳斯——《乌尔比诺的维纳斯》。

哪位会问了：维纳斯招谁惹谁了，为什么那么多人画呢？

因为那时在欧洲，你不能随意画裸女。张三的太太，李四的闺女，你画了，有伤风化啊。所以，凡是裸女题材，就得假托是维纳斯，才能名正言顺。反正古希腊古罗马的神，不都是裸的吗？

《乌尔比诺的维纳斯》这画，除了标题，其实没哪点像维纳斯女神了——不像波提切利那幅画，至少维纳斯还站站贝壳呢。

须知，那时欧洲并没如现代般成形的艺术市场，很多画作，是画家和委托人单线联系。这画是当时的乌尔比诺公爵，新婚

提香:《乌尔比诺的维纳斯》

了，想要幅画挂家里。提香就找了威尼斯第二名妓莫洛做模特，画了这张大画：您挂家里去吧。

——这画其实去掉标题，就是个裸体美女而已。而且比起波提切利那画里维纳斯的圣洁状，这画里的维纳斯，其实不无性意味。

——但是，咳，反正是贵族们私藏的，画就画吧。

这也是威尼斯画派与意大利其他地方的区别了：偏写实，重色彩，有世俗风味。有人会问：为什么提香画的维纳斯和乔尔乔内的这么像？答：他俩师兄弟，而且传说《沉睡的维纳斯》，是乔尔乔内画了初稿，提香给补完的。

事实是，那会儿在意大利之外的土地，裸像还挺招人忌讳的；而在意大利，像佛罗伦萨和威尼斯这种天高皇帝远，民风又很世俗开放的地方，大家已经玩开这手段了。委托人想要个裸女像，画家就给画，大不了画完了，冠以"维纳斯"之名。

这招像什么呢？好比张佳玮翻着《金瓶梅》里西门庆和李瓶儿的欢好场面，然后正经八百地说："我是在欣赏古典小说的语言艺术！"——你能挑毛病？

事实上，这种"把裸女像画成女神"的套路，后来许多人都学会了。画完《乌尔比诺的维纳斯》十七年后，提香又作了一个《镜中的维纳斯》。

但是，画裸女成了套路后，一个新的问题出来了：

裸女裸男，如果袒露着，就太直白了，而且殊少美感；实际上,提香的那位乌尔比诺维纳斯,用手遮着腹股沟,就是个大争议事件。有人觉得这是矜持,有人觉得这是诱惑。结果姑且不论,后人怎么能够遮掩一下,制造点犹抱琵琶半遮面的效果呢?

大半个世纪后,鲁本斯也来了个《镜中的维纳斯》,就很聪明:露个裸背给你,看正面,没门。鲁本斯大师的籍贯,按现在算,是比利时,他又在威尼斯学过艺,风格兼有南北之长。这幅画就是典型的鲁本斯风格:肉块饱满,色泽鲜润,富有生命活力。二百年后,浪漫主义大师德拉克洛瓦说鲁本斯是画家里的荷马,就是冲着他这奔放雄浑的劲头——这姑娘简直都显胖了!

这种色彩鲜明到夸张、笔触粗放的风格,就是所谓的巴洛克了。

同时代的西班牙大师委拉斯凯兹,是被鲁本斯劝去意大利学习、又去西班牙王室当画家的,他画维纳斯就比较婉约:虽然也是巴洛克风格,有妖艳华丽的对比,但不如鲁本斯那么雄浑:来,画个裸背吧!

实际上,有些论者认为委拉斯凯兹这幅画已经露骨得过分,完全去掉了形象的神性,简直就是个地道的俗世女人,带有挺强的性暗示,可人家还是《镜中的维纳斯》,你没法挑了。

18世纪洛可可大宗师弗朗索瓦·布歇,被一个世纪后的农民画家米勒认为道德堕落。堕落在哪儿呢?看他画的维纳斯就知道——他老人家根本不想画女神，就是画艳情场面来着。当然，为了不那么露骨，他很聪明地用聊胜于无的薄纱，遮挡了一下关键部位。

这就是所谓洛可可风格了：轻柔婉妙，细腻优美，简直带色情意味，是供宫廷上层逸乐的。

18 世纪末，法国流行新古典主义。其实新古典主义源起，也是趣味更迭——先是路易十四喜欢黑檀木金闪闪大旋涡，再是路易十五喜欢白背景绿藤萝婉曲纤细，之后路易十六就喜欢直线加古典故事加英雄裸体。所谓新古典主义，可以理解为尽量把人物雕塑化，表现出道德感、史诗范儿和庄严姿态。比如，大卫画马尔斯和维纳斯，维纳斯虽然还是免不了要裸体，但体态端庄，到底没有洛可可时期那么有色情意味。可怜维纳斯一代女神，就被欧洲各路画家这么可劲儿折腾，衣服都穿不上啊。

男神们

男神，是个互联网时代才能有的词汇。一者，互联网时代的去神化，令"神"这个词失去了原有的宗教形而上意味，令"神"这个词可以兼带赞颂与讥讽；二者，互联网时代的词汇淘洗太快，不敷使用。美女或帅哥在这个时代已经不够用来夸人，偶像这词已经成为一个职业的代称。当我们需要一个词来描述可望而不可即的男性形象时，就只好找这个了——男神。

法文里有过一个词，叫作 Matinée idol，意为"日场演出偶像"。默片时代，有这么一群男子：风度翩翩，英华蕴藉。在人类还相信白马王子的时代，他们是白马王子的银幕版。英年早逝的华莱士·雷德——嗯，美国真的有许多华莱士哟——是为典范。当他一身罕见的西装造型，为 *Photoplay* 拍杂志封面时，杂志如是说——

"唯一不让他长期穿西装出演电影的原因是：那些来看他电

华莱士·雷德,艾伯特·威策尔摄于 1916 年

影的女士们会立刻被杀伤,导致影院为之一空。事实上,我们觉得,拍这张照片,都像是在拨弄他影迷的心呢!"

华莱士·雷德之为男神,完全是天赋使然。长相出色,运动天才,懂音乐,会钢琴,会玩鼓和小提琴,还在怀俄明干过农活,还进过军校,还会写剧本。举手投足,自带风致。这是一个低概率事件——那么多才艺在他身上呢。

他之后的一代男神,已经懂得如何把握自己了,比如克拉克·盖博。如今他是好莱坞历史上最像帝王的男神之一,然而天晓得,十七岁时他立志当演员,到二十一岁才上道,1930年才算成名,之后一发不可收拾。

一个细节:克拉克·盖博并非生来便是《乱世佳人》与《一夜风流》里那样令人沉溺的花花公子相。他的老师,大他十七岁的约瑟芬·迪隆,教导了他许多细节:

——整好了他的牙齿,规定了他的发型。

——健身,使身材健美。

——举手投足都经过训练。

——花费大量时间,逼迫盖博改变了原先的高亢嗓音。我们如今听到的,《乱世佳人》里那低沉、性感、带着共鸣、让斯嘉丽爱恨交加的嗓音,是他后天练成的。

——当然,还有他招牌的小胡子,他的挑眉,他的微笑。乔安·克劳福德说,"他走到哪里都像个帝王。他走路、做派都像个王,他是我一生见过最阳刚的男子"。这些并非天生而来,而是训练所得。

肖恩·康纳利年少时就很美了。当时一个艺术家理查德·德马克说康纳利,"有点害羞,美得难以言喻"。但他酷毙了的浓眉和让众多女星无法自持的硬汉腮帮,除了天生之外,还得亏他老人家的努力:他参过军,当过体力劳动者,但要紧的是,他从十八岁开始,大运动量塑形健美,还参加健美大赛。1953年,就是在参加一次健美比赛时,他混到了机会,去拍摄《南太平洋》。

当然,非只是体态。

布拉特·皮特在《夜访吸血鬼》时,是个俊美无匹的男生;然后,在《搏击俱乐部》里,他不羁的姿态、一针见血的言辞,配合无数半裸上半身特写,让他成了性感偶像。之后的《特洛伊》这些电影里,他已经有权演"大家习惯的布拉特·皮特",而不必刻意去学史诗里的阿喀琉斯。因为,"布拉特·皮特就该是这样体态完美,一脸无所谓,奋拉眉毛微笑",由银幕形象构成的男神形象。

当然,也可以来自于对比。马龙·白兰度如果只演过《欲望号街车》,也足以成为一个不朽的形象了。但恰好因为有了《教父》,我们获得了一个奇诡的参照。身为教父的白兰度那么苍老,那么松弛,甚至声音都柔声细气,却又那么沉厚;这是对《欲望号街车》或者《在江边》那个白兰度形象的补充,仿佛一口酒入口迷人之后,来了一股醇浓的后劲。不会有人认为

"白兰度演了教父,毁了在我们心目中的帅哥形象",不会的,因为后一个形象才让人意识到,老男人是可以多么深邃有味的。

也可能,不只是角色,还包括命运。詹姆斯·迪恩从来没显出过太紧绷的肌肉,容貌在20世纪50年代而言也不算美,而且一辈子只有三部电影,但是,够了。他二十四岁过世,成了永远的浪漫又叛逆的性感男孩;他永远叼着烟,吊儿郎当地侧着脸、半眯着眼、翘起一边嘴角看着镜头,那么好看。

命运有时候,就是这么不讲理。

情欲的经历与姐姐们

杜拉斯《情人》著名的开头,"与你那时的面貌相比,我更爱你现在备受摧残的面容"。这话非有经历者,不能理解。昆德拉《笑忘书》里有一句更好玩的:"女人不喜欢漂亮男人,但喜欢拥有过漂亮女人的男人。"这话有些绕,但大致意思点到了:

在情欲的世界里,有过去是很重要的。

这些"有过去、有经历的女人",有什么奇妙的动人之处?在男人眼里,她们懂得男人,懂得男人的淘气,懂得男人的委屈。她们是最好的初次情欲教练。

贾宝玉的第一次,是梦中的秦可卿和现实中的袭人。中国古代许多通房大丫头,都做这个用途。

博尔赫斯的第一次……是被父亲送去一个欧洲妓院,"见识一下何谓女人"。欧洲许多贵族,都是这么开的蒙。

哪怕质朴如民间,其实也不免如此。如果要做个"民间情爱小调分级"，有个简单法子：

凡男称女为"妹"的，这小调多半很清纯，聊聊感情，约个会，亲个嘴儿就是极限。

如果男称女为"姐"，情况就微妙了许多，很可能就要谈到青纱帐、炕头灯、小肚兜一类招牌符号，终于一发不可收拾。

在类似的叙述设定里，"姐"比"妹"，有更多情色暧昧的意味。

赵成伟：《红楼梦》人物秦可卿

通常的故事里，妹是拿来谈恋爱的，姐的用途则多得多。在无数故事里，一个男孩儿，血气方刚离家闯荡，最后失去了天真。而通常让他们失去童贞的，就是这么一位姐。

比起那些懵懂未凿的妹妹，姐姐是熟女，具有丰腴、温暖、宽容、关爱和母性的一面。比起妹妹，她们是更好的初恋伴侣。因为妹妹大多青春，只及于情，而姐姐则大多已经聪慧剔透，可以晋升到情色这一阶。对于笨拙、粗糙、还不太懂感情的男孩子来说，姐姐就是这世上最美好的情欲教科书。

比如，《白鹿原》里，黑娃叫田小娥姐姐，因为他身为男人的大多数意识，都是通过这个姐姐觉醒的。

通常，为男主角设定的"有经历型女主角"有两类。一类便是潇洒热辣的风尘女子，是龙门客栈的金镶玉。类似的风韵犹存俏寡妇，恩爱时甜甜腻腻，分开时干干净净。天晓得她们迎来送往过多少男人，所以格外摇人心魄。

人与每一个对象相处，其实都是在和他或她以前的所有爱情做游戏，就像人喝一口酒吃一块肉尝到的味道，都是在领略这些酒与肉过去经历的时间。时间和经历使男女雕琢成了他们现在的样子。稍微懂得一些男女情事的，便懂得经验的可贵——古龙在他那些小说里，就老是让一些经验丰富的老色狼聊这回事。因为在他们那个世界里，纯真可爱没有容身之地，大家都是为了享受情欲的欢乐而生存着的。

另一类有历史的女人，则被描述为身体已成熟女，而心灵还保存着少女情怀的。如此,男主角可以既享用到情欲的满足,顺便掌控自己。比如《红与黑》,于连的第一个女人德·莱纳夫人就是如此;比如《千只鹤》,男主角勾搭了父亲的情妇太田夫人,然后觉得对方的柔情简直像在伺候自己洗脚。

这种写法,就是典型的便宜也想占,又不想丢了虚荣心。

然后,有经历的姐姐们,大多不能长久。

若将女人分为红玫瑰与白玫瑰,姐姐们通常是妖冶温暖的红玫瑰。她们有经历有过去,总能给男主角们提供最颠鸾倒凤的情爱经验,但到最后,男主角们还是会去找白玫瑰安定下来。

因为男主角们长大了,已经过了,或者自以为过了需要依赖一位年长女性的时光。他们的骄傲、尊严或者说虚荣心,不能总是被姐姐们所缠绕,所以需要一位年轻些的女孩来领受。对成熟的男性来说,为了尊严起见,他们需要对一切的控制能力,需要成为权威。而权威们最不需要的,就是一位了解他们窘迫过去,而且更为聪慧的姐姐。大多数男人会找一个平淡的白玫瑰,把红玫瑰姐姐供在心里,然后自我慰藉。

当然,男主角们还是会忍不住藕断丝连,会不断歌颂,或者回忆,或者偶尔去寻找红玫瑰们。看到她们真的老了,年老色衰,男主角们会有一种奇特的慰藉,仿佛自己所占有过的美好,也被封存了。而那些红玫瑰,那些姐姐,就生活在民间的情色小调里。她们永远活泼热辣,永远不会老去,永远在和各类弟弟打情骂俏,她们丰腴如鲜桃,美丽如花朵,而且总是慷慨又温柔地默许着弟弟们的胡闹。在回忆里，她们永远不会进化到"婆娘"的阶段，因为"婆娘"属于婚姻的世界，属于成年人，而只要你咬定"姐姐"这两个字，你就可以永远生活在孩子气的、需要姐姐抚慰的，可以在暧昧情色里期望青纱帐、炕头灯和小碗酒的时代。

很大程度上，是因为她们给了男主角们最好的青春体验，慰藉了他们最不自信的年代，然后，什么都没有要。

艺术家们的尊严

侯宝林先生晚年，名满天下。南开大学几位先生请他去讲话，击节赞叹，气氛和悦。末了，一位副校长，不经意地来了句：

"侯先生，您来一段儿。"

据说侯先生当场拉下脸来："对不起，我是来讲学的。"

意思：我是来讲课的，不是来说相声的。

侯先生一辈子，很重视尊严二字，甚至于过敏，不难理解。老年间，说相声的人是玩意儿，和戏子一样，被当作下九流。唯其如此，才得争一口气。梨园行的大师，成了名之后，都有傲气，也是为这个。

汪曾祺先生写过京剧演员任致秋先生，写他新中国成立后，自觉翻身，觉得很受优待。"我一个戏子，能上小汤山疗养。要搁旧社会，姥姥！"

艺人都有口气梗着,所以寻着扬眉吐气的,就总想一纵眉头,吼出来。

您会问了:艺人、艺术家,不是很受尊敬的吗?

并非如此。

阎立本,画过《历代帝王图》,当过唐朝宰相,名垂天下,声闻后世。但因为会画画,受过大折辱。唐太宗与一群学士在春苑划船玩儿,看见好看的鸟儿,就让学士们歌咏,召阎立本来画画。外头就嚷了:"画师阎立本!"——阎立本那时,官位是主爵郎中了,一头大汗地跑来,趴在池旁边,调色作画,抬头看看座上宾客,难过极了。回去后对儿子说:

我少年时候,爱读书,也还好;只是被人知道会画画,被呼来喝去当仆役,丢人丢大了。你记着:千万别学画画!

画家,就是这么惨。

巴赫,史上最伟大的作曲家之一,1703年的工资单上,被列为仆役。他写曲子,演奏,照例得穿着大公规定的仆人制服,跟仆人一起吃饭。一百年后,贝多芬为自己身为自由职业作曲家而自豪。所谓"我不受雇于任何人,我只要坐在钢琴边动手作曲子,就能解决朋友们的经济困难了"。——因为在此之前,我们所知的伟大音乐家们,多少都带有贵族仆人或教会雇员的性质。

中国古代有句话:学而优则仕。所以后世人等,多批评中国读书人目的性过强,读书徒然为了功名。干吗不去当画家、

阎立本：晋武帝司马炎（《历代帝王图》局部）

当诗人、当音乐家呢？事实是，早期的伟大文人，都是身为显贵，而后留名文化史。唐朝之前的书画名家，几乎没有平民出身，尤其是书法，简直是门阀贵族、朝廷贵臣的艺术。到清朝，不显贵的艺术家也有，比如扬州八怪那几位，要么做个小官，要么便是小吏，再不体面点，只好去做清客。袁枚这样，当过官，懂得在官场中间酬唱来往，也不缺钱的才子，毕竟少——实际上，袁枚还不是得在《随园诗话》《随园食单》里，标榜几句东家的厨艺、西家的园林，好比如今广告人写软文吗？

您会说：一个人有了好艺术，一定会出头的，不会湮没于民间！——这是句美好的祝愿，但事实并非如此。哪怕到了现如今，人人平等的观念至少也该深入人心了，世界推崇的艺术家们，依然不是因为他们的艺术，而是因为他们有名。

杰夫·昆斯早年搞过现当代艺术，没成功，只好去当证券经纪人。而立之年，他成了个成功的艺术家。直至今日，他成名前后的作品风格并未变化，所得反响却大不相同。《独立报》的记者如此说：

"在这个艺术家不会被看作明星的时代，昆斯却花费了很多精力，通过雇佣一个形象顾问来培养他的公众人物角色。"

有点残忍，但事实是，这个世界尊重已经成名的艺术家或已成经典的艺术家，并不尊重艺术家这个群体——在没成名之前，他们都不过是玩意儿。世界总觉得艺术家们性格偏激，却很少考虑到，未始不是被这种两极分化给逼出来的高傲。谭鑫培一度被叫作"谭贝勒",还为此自鸣得意。他老人家认为演员们尤其得傲,得自尊,得把自己的活儿当宝。因为说到底:艺人自己不尊重自己,还能指望谁尊重自己呢?

——因为一世以老生称雄的他,开头也是学武丑入门的,知道这个行当,多么招人小看。

迦拿的婚礼

上古之人若要信宗教,单是说话不够,得显示些神迹方好。譬如《西游记》里,孙猴子一个筋斗云走起,众位立刻拜服,原来真有神通也!基督教方面,亦然。耶稣他老人家有信徒,固然是他道理讲得好,身体力行,神通也不能少。《约翰福音》里有个典故,叫作"迦拿的婚礼":

耶稣和他的门徒,一同参加迦拿地方的一场犹太婚礼。主人的酒用尽了,耶稣的母亲告诉耶稣:"他们没酒了。"耶稣答道:"妇人,我与你有什么相干?我的时候还没有到。"耶稣的母亲对仆人说:"他告诉你们什么,你们就做什么。"

这意思,要有神迹了。

于是耶稣令仆人:空石缸都盛满水。再舀出来时,已经变成了酒,还是好酒。侍应不知道,还对新郎说:您哪,违背风俗啦!宴席应该先上好酒,您却把好酒最后上!

乔托：《迦拿的婚礼》（局部）

这是耶稣抖的第一个神通，门徒们眼见为实，都服气了。宗教题材，自然也爱用。

先是佛罗伦萨的画圣乔托，被认为开风气之先。在他老人家之前，西方壁画大多还是 2D 式的布局，动作老实得有些呆滞。他老人家被时人认为：一个鲜活时代就此开启，即多多少少，他画的诸位，有疑似立体效果，有阴影，有透视，有人物的端正构图，像是正常人在生活。

1500 年，杰拉德·大卫画了一个版本。他老人家当年生活的地方，属于现在的荷兰。比起乔托的画来，一个显著特色是：人物与家具明显逼真多了，或曰，更接近我们寻常人的观察尺度，人物面部阴影、衣服的褶皱、酒瓮的质地都出来了。与佛罗伦萨相比，那是截然两种风格。

这里就得多说一句了：

文艺复兴时，欧洲绘画分为南北派。南派当然以意大利为尊，北派则是荷兰、比利时、德国这一线。有一段时间，双方风格是不太一样的：意大利讲究素描，讲究人体结构，讲究美；北派讲究色彩，讲究逼真，讲究如镜子般如实描绘事物的材质。

所以，一旦您看见 14 至 15 世纪前后，体格健美如雕塑、肌肉鲜活的画，很可能是意大利产物；如果丝绸、金属、陶土之类装饰物纤毫毕现呢？北方佛兰德斯的可能性就大了。像杰拉德·大卫这幅，大家动作沉静，光影分明，各色装饰画得一丝不苟，说是全家福婚礼合影也没毛病：这就是典型的北方风格。

作为对比的，就是南派佛罗伦萨的瓦萨里版本。

这是典型的意大利作品了：在捕捉动态和人物肌体的美妙时，举世无双。人物的体态仿佛雕塑，动作的起伏与眼神，可以想见他们正在聊天，连聊天内容和人物神思，都仿佛可以猜度。很多年后，法国大师普桑去意大利学艺后回到法国，就提过这种要求：给他一个舞台，让模特们站好，他才好画。

描摹一个场面，一个动态的、交流的场面，而非摆给观众看的姿态，这是意大利，或曰佛罗伦萨的精神。当然您可以嫌弃说，这背景画得有些马虎，不像人那么夺目。佛罗伦萨人是真不太在意背景的。当年米开朗基罗旷世奇才，就忙着用雕塑和绘画描摹人体，顺便吐槽："风景画是给没天分画人体的人准备的。"罗马的画家倒是愿意画背景，但威尼斯人也说过：罗马的许多风景画家主要的野心，其实是去当建筑师。

佛兰德斯画派和南方风格，都有谱了。还有例外吗？有的。

16世纪时，威尼斯正在其荣光的结尾：城市的富裕度依然在欧洲首屈一指，世俗化生活潮流已经侵袭而来，于是威尼斯画派当时在欧洲，独树一帜——鲁本斯和丢勒这种北方大师，都要专门跑来学艺。

有一种逻辑是这样的：威尼斯人的画风不同意大利其他城市，是因为他们一如荷兰人，生活在风云多变的地段，每天看云雨起伏、潮水流涌，对色彩与光线有敏锐的感觉。他们的生

乔治·瓦萨里:《迦拿的婚礼》

保罗·委罗内塞:《迦拿的婚礼》

活又大多富裕世俗，不会去一脸肃穆地摆姿态，过苦行僧的生活。他们期待愉悦、明亮与美丽，而不是一看到画就生敬畏心。

于是，当威尼斯大师描绘《迦拿的婚礼》时，又是一番模样。

委罗内塞的这幅画赫赫有名，一半原因是其巨大：994厘米长，677厘米高。如今您去卢浮宫，它就挂在《蒙娜丽莎》正对面。除了端坐在最中间的耶稣，其他地方，看不出是宗教画。这是威尼斯画派风格的完美体现：宏伟，明丽，色彩斑斓，愉悦，世俗化。构图端正，动态起伏，这就是威尼斯的精神了。

在套路上，这幅画也被认为有手法主义风格。这是文艺复兴后期，许多艺术家不太满足于原有端庄明晰的套路，企图表现出一点"看这个，你能认出是我的作品"的劲头。于是从构图上的偶尔夸张，到尺幅上的庞然巨大，套路多变起来。这幅画尺幅的巨大，就是一种极为风格化的表现。实际上，"这画这么大，一定是委罗内塞画的"，是许多初级古典美术爱好者的共识。这种巨大的欢宴场面，就是委罗内塞自己的密码。

长达235年，这幅画在威尼斯放着，直到18世纪末，拿破仑的士兵把它搬回巴黎，搁在卢浮宫。到拿破仑帝国倒台时，教皇想把这幅画要回来，法国人想尽办法，最后把它留下来了，代价是用查理·勒布朗的一幅画做了交换。

威尼斯风格的华丽豪迈，跟他们的性情也有关。德国的大师丢勒，绘画与版刻的全才，到威尼斯后备受款待，受宠若惊。回德国后，他就闷闷不乐，自称在德国被人当仆从，在威尼斯

雅各布·丁托列托:《迦拿的婚礼》

被人当老爷。威尼斯人尊重艺术家，难怪画得好啊！

也因此，威尼斯人可以尝试新风格。比如丁托列托大师的一幅《迦拿的婚礼》，虽然他与委罗内塞基本同时代，但大师就敢这么玩。

比起委罗内塞平衡、华丽、明亮、欢悦的风格，丁托列托这幅画更微妙。首先，他用了透视和短缩法，显得更逼真；然后，他任性地描绘光影。哪位说了：委罗内塞那幅，也有明暗区别啊。但丁托列托这幅，明暗显然夸张得多。

依靠这种夸张的明暗对比、人物动态的瞬间捕捉，丁托列托制造了一种群体雕塑般的质感。这种风格不像委罗内塞那么让人愉悦，但深刻而动人，真是像极了一台话剧的摄影。

这种强烈到不那么悦目的明暗对比，被认为开启了下个世纪的巴洛克画风。当然，那是17世纪的事了。

你觉得希腊该是怎样的？

希腊啊！海洋国家，临海多山，空气新鲜，阳光灿烂。可供眼睛观览的，远胜过土地出产的。古希腊人不重视房居与衣服，一张床几个水罐便是家，一件单衣便可以出门，苏格拉底除了宴会平时都不爱穿鞋子。一点橄榄、葡萄和鱼就够他们补充热量。他们在户外活动，在广场谈论，在剧场听演唱，锻炼身体，思考哲学，散步，出海。土地不肥沃，所以他们不爱耕作，只爱巡游，殖民地遍及整个地中海。地缘决定了他们的思想与倾向。他们灵活、能说会道、开朗，但不喜欢按部就班，喜欢在群山分割的城邦里过小日子，不喜欢大帝国。他们的众神与人一样性格多样；他们倡导裸体的美丽。典型的希腊英雄，是阿喀琉斯与奥德修斯，前者为了荣誉不惜面对命中注定的死亡，是冷兵器时代的豪杰；后者是地道的现实主义者，机灵多智，谎话张口就来，精通航海与各种知识。

于是当西方画家看希腊时，仁者见仁，智者见智。

有人看到了肉体的暴力之美，于是鲁本斯画出了著名的《劫夺留西帕斯的女儿》。画里那两条汉子，是卡斯托耳和波鲁克斯：这对兄弟很奇怪，老妈都是斯巴达王后丽达，妹妹是希腊第一美女海伦，但波鲁克斯的爸爸是宙斯——稍微懂点古希腊神话的，都知道宙斯酷爱染指人家的老婆——卡斯托耳的爸爸则是丽达正经的老公，斯巴达国王廷达柔斯。这对兄弟很有本事：跟着伊阿宋去找过金羊毛，从忒修斯手中救回过妹妹海伦。当然也都不是善茬：他们看中了留西帕斯的女儿福柏和希莱拉，于是出手将她们劫走了。

捎带说句：卡斯托耳和波鲁克斯兄弟后来上了天，成了双子星，这就是双子座的来源。

且说回这幅画。话说鲁本斯老爷大概是历史上最擅画巨幅画的宗师。他一个比利时人，在罗马和威尼斯都待过，手艺融汇南北。他爱画肉体，但不画神话里的纸面肉体，而要它们浮凸纸上。他所画的，无不生动鲜艳、紧张暴突、全身骚动、动作猛烈、气势雄浑；一眼望去，就是戏剧定格、正在紧张时分的肌肉男和胖女人。他极重色彩，有一种传说：他打草稿时，不用黑白素描，却敢直接用珍贵的颜料，在底稿上涂抹，如此方出效果。他擅长画英雄、暴力、欢乐、情欲，风骨意气昂扬，生命力泛滥充盈，骨骼巨大，肌肉粗壮，活泼喧闹，大气纵横，这些风骨，后来就被作为巴洛克风格的典型。

彼得·保罗·鲁本斯:《劫夺留西帕斯的女儿》

这幅画便是如此：男人的橘红色与黑色，赤裸女人的亮白色；激烈的动态，奔腾的马匹，暴力、恐惧。这就是巴洛克：华丽、浓烈、动态、拳曲的曲线、金灿灿的效果。当然会有人不满，比如法国大宗师丹纳，虽然爱极了鲁本斯，还说过"绘画界只有一个鲁本斯，一如英国只有一个莎士比亚"，但也承认，他老人家画的神话女性，都太像普通人，而缺乏神性了。但鲁本斯认为理所当然，多年后浪漫主义的德拉克洛瓦也为他站台：古希腊众神本来就挺人性的嘛！

鲁本斯看见了暴力与美，而布歇则看见了肉体的柔情与妩媚。洛可可艺术被法国农民画家米勒认为道德沦丧，但其轻柔婉妙却无从否认。而且布歇他老人家善于发现奇妙的情愫，于是挖出了素材：

古希腊神话里，大力神赫拉克勒斯和吕底亚女王翁法勒有瓜葛：因为他杀了朋友伊菲托斯，被罚给女王做三年奴隶。结果赫拉克勒斯在做奴隶期间，穿上了翁法勒的衣裳，翁法勒倒拿上了赫拉克勒斯的狮皮和大棒。这个题材在古希腊常被当作男女倒错的话题讨论，可是布歇大师却抓住了结尾：翁法勒最后嫁给了赫拉克勒斯？好的，他们俩是否易装，我才不在乎呢，先画他们俩亲嘴吧！

于是，有了《赫拉克勒斯和翁法勒》这幅画：这对忘情狂吻、赤身裸体的男女，如果不是画作题目有提示，谁能晓得是大力神和吕底亚女王呢？

新古典画派的诸位，空前未有地热爱古希腊题材，他们本来就着意于将绘画尽量雕塑化，恨不能通过画布将希腊雕塑活灵活现地展示出来。新古典的美是很绝对的：理性、构图、素描、和谐，不夸张，不过火，静态的雕塑，绝对的美。所以到19世纪，新古典一派把持了法国学院，而大当家则是安格尔老师。安格尔老爷子把持住一个美丽的构图，就会反复揉搓。比如二十八岁、四十八岁和八十二岁，分别画了一个《土耳其浴室》的同一个裸背。除此之外，他还有绝的呢：二十九岁时，他画了一幅《俄狄浦斯和斯芬克斯》；然后呢，不过瘾，六十六岁时，又来了一幅《俄狄浦斯和斯芬克斯》。构图、色调、姿势，隔了近四十年，全然一模一样，只是左右换了个儿。

奇怪吗？还有人围着一个模特往死里画？这就是新古典的精神，这就是美，美得那么绝对，不用换姿势，就这个构图，就这个姿势，完美！

但神话，也会逐渐被忽略的。

1895年，七十岁的学院派画家布格罗画出了《丘比特与普叙克》。从技术上来说很完美：他用现实主义的技法描绘古典题材，光影逼真、素描完美、笔触细腻、造型优美，无可挑剔，有些人认为布格罗是当时最伟大的护甲；但19世纪最后十年，已经是印象派的世界了：前卫艺术家们，嘲弄他"技术很完美，但艺术的感觉很缺乏"，"太工匠气"以及"过于人工"。

弗朗索瓦·布歇:《赫拉克勒斯和翁法勒》

到 1980 年，布格罗作为现代艺术发轫前夜的最后一代，看似过时了的大师，才重新被发现，多少有些讽刺。布格罗是个在现代艺术到来之前，依然试图用古典手法里最现代的艺术，描绘最古典题材的人，并将此做到了极致。这是一种被时间遗忘的伟大，一如他着力描写的神话题材。

雷诺阿最快乐的时光

皮埃尔·奥古斯特·雷诺阿生于1841年,小莫奈一岁,七兄弟里排老六,老爸是个裁缝。三岁上,举家从利摩日搬来巴黎。十三岁,他就学会花里胡哨给人弄装饰,趁晚上去上课,学习素描和装饰艺术。十七岁那年,为了谋生,他已经开始为武器雕刻纹章、给扇子上色。因为做惯装饰,他对色彩极为敏感,而且因为少年时就得完成枯燥工作,他很会为自己找乐子。

有一句话他是从小到大挂在嘴边的:

"如果画一个东西不能给我乐子,我画来干吗呢?"

19世纪60年代初,他和莫奈在巴黎认识。两个穷孩子,都没正经上过学,专门忤逆老师,一见如故,臭味相投。加上另一个和雷诺阿同年、学医不成、三年前才开始学素描的巴齐耶,加上时不时来上上课的英国人、大莫奈一岁的西斯莱,这四个家伙聊艺术,赞美柯罗和库尔贝,结伴去画廊溜达,尤其研究风景画。那会儿他们穷，于是雷诺阿常从家里带面包出来，与这些穷困青年共享。

1866年至1870年这几年，盖尔布瓦咖啡馆里，这四个青年一边分享雷诺阿的面包，一边谈论冬日阳光与夏季阳光的区别，雪在夕阳下泛出的橙色与蓝色，对学院派——尤其是安格尔和拉斐尔——大放厥词。

1875年3月，莫奈、雷诺阿、西斯莱、莫里索等人联手办了个拍卖会，共七十三幅作品，结果惨遭重创，其中有十件作品甚至卖了不到一百法郎——雪上加霜的是，雷诺阿父亲前一年还去世了。

那时节，评论家很讨厌雷诺阿的画风：他不喜欢学院派一切根植于素描的做法，坚持不肯勾线。他爱画胖乎乎的裸女，用细笔触与颜色描绘阳光下的烂漫颜色，但评论家几乎众口一词：

"雷诺阿所画的裸女，肉都像要腐烂了似的！"

然后是1876年，雷诺阿完成了印象派史上最著名的作品之一——《煎饼磨坊的舞会》。这幅乐观动人的画描述了欢乐的人群和节日的美丽，而最核心的部分则是：阳光落在回旋的人群身上时，节日服装的鲜艳色彩如何悦目混合。近景的人物脸上光线斑驳；而越往远处去，形象就越来越隐没在阳光与空气之中。他还是不爱勾轮廓，喜欢画欢快丰腴的人群。阳光与肌肤都光彩熠熠，仿佛要融化一般。

三十五岁了，他还跟个孩子似的爱热闹。

1879年，雷诺阿时来运转，他的《夏潘帝雅夫人和她的孩子们》，终于在沙龙中获得成功，而且他遇见了贵人：外交家兼银行家保罗·伯纳德。伯纳德对他甚有好感，常拉他去自家海边别墅做客。两年后的1881年，雷诺阿去了阿尔及利亚，又去了意大利，遍访威尼斯、佛罗伦萨、罗马、那不勒斯、庞贝等地，加上结了婚，他的心情开始变了。1882年，雷诺阿为史上最伟大的歌剧作者瓦格纳画了像，开始出入上流社会。

与此同时，终于见识过拉斐尔的真迹后，雷诺阿承认自己错了，在他年过不惑的时候。

当直接描绘自然的时候，印象派作者往往只看到光的效果，而不再去考虑画面结构，很容易就此千篇一律。于是，雷诺阿开始改变他大肆挥洒的笔法。作画上色前，他会用墨水仔细描绘细部，把颤动的形体约束在轮廓中——以前不画轮廓只画光的他，现在肯画轮廓了。批评家们当然也没给他好脸，"他以前画裸女的肉像要腐烂了，现在画了轮廓，却显得更色情更肉欲了。"

五十岁之后，雷诺阿继续改变。早年喜欢厚涂层颜色、华丽肉感的他，现在喜欢上了薄涂层、细腻明丽的风格。自己画得开心就好了，管别人呢。

雷诺阿并不忌讳自己的改变。后来，他将1883—1887年这一段，称为自己的"安格尔时代"。这意思是，雷诺阿与自己曾

皮埃尔·奥古斯特·雷诺阿:《煎饼磨坊的舞会》

《夏潘帝雅夫人和她的孩子们》

经对抗过的前辈们讲和了。

但是,他并不觉今是而昨非。老了,明白了,改变了,但他也并不为年少时的姿态后悔。

即便到老来,雷诺阿依然热爱说他与莫奈年少轻狂时的传奇。他说,少年时的莫奈,打扮很是布尔乔亚情调;虽然穷困,却打扮得像花花公子。"他兜里一毛钱都没有,却要穿花边袖子,装金纽扣!"在他们穷困期,这衣裳帮了大忙。那时学生吃得差,雷诺阿和莫奈每日吃两样东西度日:一四季豆,二扁豆。幸而莫奈穿得阔气,能够跟朋友们骗些饭局。

雷诺阿,晚年风格多变、功成名就之后的雷诺阿,画作已经开始被国家收购的雷诺阿,对女儿说起自己二十啷当岁的年少时节时,姿态一如他终身秉持的乐乐呵呵。他说,每次有饭局,莫奈和雷诺阿两人就蹿上前去,疯狂地吃火鸡,往肚子里浇香贝坦红葡萄酒,把别人家存粮吃罢,才兴高采烈离去。

"那是我人生里最快乐的时光!"

所谓成熟,大概就是:并不忌讳改变,不忌讳说自己错了,但也并不因为如今的自己成了大师,就文过饰非,为曾经的年少轻狂而后悔。

雷诺兹 VS 庚斯博罗:憎恨与敬爱

在世界的想象里,世上常有两种典型的天才。

前一种天才总是悠闲、雍容、有条不紊地生活。他每天伸出一只白胖圆润的手,握着一杆雕饰精细的羽毛笔,左手打着拍子,哼着一些如今得花半个月工资去剧院还听不大懂的歌谣,字斟句酌地写下秀丽的文字和符号。

后一种天才总是疾风暴雨地生活。他每天胡子不刮,穿着单衣奔走在窄街上,时不时和破自行车擦肩而过、互相漫骂。

前一种天才年少得志,作画时都有精致准确的笔触,草稿都画得诗意优雅,阴影部分用整洁约束的笔调画平行线。下笔从容,如划秋水,完美圆润,典雅纯正。

后一种天才大器晚成,作画时笔触急速而缭乱,时而凭感觉急速挥线,时而用无数的卷曲波纹来制造狂乱的效果。满手黑炭,满头黑线,雄浑倜傥,勇猛张狂。

听上去很耳熟吧？在世上的各个领域，都存在着这样两种人。

但他们之间，可能抱有怎样的感情呢？

18世纪，英国最大的两个画家是约书亚·雷诺兹与托马斯·庚斯博罗。他们相差四岁，命运迥异。

雷诺兹出身世家，学养丰厚，高朋满座，十七岁就有人为他的画付钱。于是他满可以四海闲游：佛罗伦萨、博洛尼亚、威尼斯、巴黎。到三十三岁时他已经住到莱切斯特的一处大宅里，足够他陈列自己的画作。四十一岁，他的每幅肖像画已经能叫价一百几尼了——当时折合一百零五英镑。他有助手，有学生，可以安心画肖像的脸庞与手，不必亲自画每一幅。四十五岁，他创立了英国国家画院，然后众望所归地成为院长。四十六岁，他成了爵士。到六十一岁时，雷诺兹是英国宫廷首席画家。

庚斯博罗十九岁那年娶了玛格丽特，恰好那是位皇亲国戚，公爵家的千金，让他终身衣食无忧，让他得以四处画风景，但他从未离开英国本土。到三十四岁，他的画在国家展览会展出，英国人才知道他。到三十六岁，来找他的委托人之多，几乎不下于雷诺兹。但他活得随心所欲，不爱接受约稿，更愿意花时间琢磨大宗师凡·戴克的画。

据说他有句话，"我要在门前放一尊大炮来吓跑委托人！"

他俩的关系，理所当然地不算好：有那么几年，庚斯博罗一度停止在皇家画院、在雷诺兹眼皮底下展览。他俩偶尔也打擂台，比如著名的《西登斯夫人像》。那年雷诺兹六十一岁，他将西登斯夫人画成一位女神：身居宝座，头戴冠冕，长袍垂足，姿态雍容，庄严华贵，仰头若有所思，全画暖色调。这正是他从拉斐尔时代继承下来的"宏伟风度"，意大利语所谓 Grande maniera。

一年后，五十八岁的庚斯博罗也为西登斯夫人画了一幅像：姿态自然，衣着紧凑时髦，微笑，笔触迅速，带出鲜活明快的力量，连她那抹微笑都恬静流动——当然庚斯博罗更乐意画出冷色调来——因为雷诺兹一直强调，冷色调不能做主角嘛。你说不行就不行？老子偏要画！

真是一对冤家。

雷诺兹在生前便得享一切殊荣。他有一个俱乐部，出没的全是王公贵族。他自己学识渊博，在画院的每次演讲都被学生奉为圭臬。他画的是王侯贵族，精雕细琢。后来英国大师特纳说，希望自己可以埋葬在雷诺兹身边。而给雷诺兹当过四年学生的詹姆斯·诺斯科特说，"我完全了解他，了解他所有的错误，但我还是崇拜他。"

庚斯博罗更像一个放浪艺术家。他过世后世界才发现，他有一百多幅领先时代的风景画没人买——当然他不在乎这个。艺术史家罗森塔尔说他是"史上技术最完整的画家之一，与此同时，同时代最有实验性的画家"。他运笔如飞，喜欢自然，经常无视画院规则，尤其无视雷诺兹制订的规则。英国后来的风景画大宗师康斯特布尔说，看了庚斯博罗的画，"我们眼中不知不觉就饱含泪水"。虽然庚斯博罗是同时代与雷诺兹并驾齐驱的肖像画家，但他公开说："说到肖像画我就恶心，我更乐意找一些甜美的小乡村，可以画画风景，享受自然。"

他越到晚年，画笔越简，据说他只用过一个助手，他的侄女。

1780年，庚斯博罗被英王请去画肖像。此前这一特权，长期被雷诺兹掌握，他当然会不高兴。此后庚斯博罗宣布，他发现雷诺兹擅自改了他画作的展示地，四年后，庚斯博罗把自己的画撤回到在伦敦的宅子。

看上去，像两个老小孩儿斗气。

然而，这只是他俩故事的铺垫而已。

1788年7月，庚斯博罗六十一岁，癌症已重。他写了一封信给雷诺兹，如是说：

> 亲爱的约书亚爵士……在垂死了六个月后，我写了些怕您不会读的东西……我最后拜托您，来到我这里，看看我的画，以及，给予我跟您谈话的荣幸。我能真心真意地说，我一直佩服您，而且真诚地爱着您，约书亚·雷诺兹爵士。来自庚斯博罗。

雷诺兹去了。一个月后，庚斯博罗过世。

又两年后，雷诺兹谈起这次最终会面时，忽然动了感情。

"如果在我们之间有过任何一点点的嫉恨，在我们最后彼此面对的真诚时刻里，也被忘怀了。"

理想一点，可以这么说：

虽然风格迥异，但大概只有雷诺兹最懂得庚斯博罗，只有庚斯博罗最懂得雷诺兹。大概只有了解彼此的界限与天分，才最懂得另一个极端是怎样的一个人。

于是终于到最后，死亡阴影逼近时，他们不再倔强，彼此讲了和——一如庚斯博罗所说，"我一直佩服您，而且真诚地爱着您。"

约书亚·雷诺兹:《西登斯夫人像》

托马斯·庚斯博罗:《西登斯夫人像》

达利与毕加索：爱与追逐

1900年，刚十九岁、在马德里受了美术教育的毕加索，给朋友写信说：

"让高迪和他的圣家堂见鬼去吧！"

那时节，四十八岁的高迪已经确立了他的风格：对材质的想象力，对材料和色彩的感觉，铁装饰，抛物线穹窿，循环不停的门脸。他的作品遍及巴塞罗那。

而毕加索，正准备加入巴黎的社交圈。他在1901年进入蓝色时期，那时他喜欢西班牙画家格列柯，喜欢拉长形体与阴惨颜色。六年之后，他以著名的《亚威农少女》，开启了立体主义时代。

又十年后，毕加索从意大利旅游回来，对高迪的态度开始改观。他没有明说，但罗伯特·休斯认为，毕加索艺术创作的中后期，明显受了高迪相当大的影响。

约翰·理查德森则认为,毕加索不喜欢高迪,志趣不合是有的,另一半是年少气盛:少年天才,看什么都不顺眼,而且据说高迪对巴塞罗那的年轻艺术家不太亲切。

年轻人对那些成年权威,总是抱有类似的矛盾感情。

1922年,十八岁的萨尔瓦多·达利去了马德里,进了圣费尔南多皇家美术学院。四年后,这个桀骜不驯的小子,因为煽动学生闹事被开除了,也自由了。

去哪里好呢?

他在巴塞罗那成长时,老听人谈论城市英雄毕加索。

他在马德里学习,见过了毕加索的立体主义艺术。他爱上了毕加索的画,于是他跟着毕加索的脚步去了巴黎,去见时年四十六岁、比自己年长二十多岁的毕加索。

这是巴塞罗那历史上两位巨子的首次会面。达利成长期间,听了许多关于毕加索的传说;毕加索耳朵里,则灌满了哥们儿胡安·米罗对达利的夸奖,所以这二位见面还算愉快。在毕加索的工作室,达利表示:我正在欣赏摸索您的立体主义!

毕加索大手一挥:"甭管那个了!我正开发新立体主义呢!"

——我想象中,达利那时多半眼前发花:他娘的!我刚摸索着,你又开发新的了!

然后,火花擦燃,达利的世界天翻地覆了。

此前两年,安德烈·布勒东倡导过超现实主义。毕加索没参加布勒东的小圈子——伟大到他那境界,专门负责发口号,

达利:《春日的第一天》

毕加索:《头》

让小圈子们捧，根本没必要混任何圈子了——但听了几耳朵，还挺有兴趣的，就开始自己捣鼓，还给达利看。看完毕加索的尝试后，达利觉得布勒东们的超现实主义不够劲儿：

"我从毕加索身上，才找到了超现实主义的真正表述方式。"

1929年，达利搬到巴黎住，画出了著名的《春日的第一天》。众所周知，这是他第一次展示名闻后世的"达利式超现实主义"。

那年11月，巴塔耶第一次将二十五岁的达利和已成传说的四十八岁毕加索相提并论，放在同一个句子里。

然后，这场追逐战开始了。

达利不单是仰慕毕加索，并向他致敬。天才们无法做到亦步亦趋，他们的原创性如火焰般灼烧自己。达利自己承认过，他喜欢一切镀金的东西，喜欢华丽，喜欢过分装饰，不怕过头，只怕不够。这是他的审美，从摩尔人的细密雕刻里学来的阿拉伯式审美。

20世纪20年代末尾，毕加索和达利同时开始用极夸张的手法，将人像肢体或软化，或描绘为石头质感。

30年代初，毕加索用超现实主义手法描绘了奥维德的不朽名作《变形记》的版画，达利则用同样的手法为《马尔多罗之歌》制作了版画。二者都由瑞士出版家阿尔伯特·斯基拉先生出版。

1934年，他们都去和版画家罗杰·拉寇列尔先生合作。

1935年，达利创作了《内战的预感》，两年后，毕加索创作了《弗朗哥的梦与谎言》，两人的作品，联手描绘内战中人民的创痛、自身的战栗。

就是这样，自从达利1931年完成《记忆永恒》获得大师级地位后，他与毕加索总是在你来我往。他对毕加索的仰慕变成了竞逐。他们也许并不时刻注意着对方，但这才有趣。

旁观他们竞逐的费德里克·加西亚·洛卡半开玩笑地说过一句：

"有时他们彼此致敬，让我以为他们生活在隔壁呢，"然后他语气为之一变，"但有时，他们确实相隔很远，但同时想到了某个题材。"

我们该说，这是大师们默契的心有灵犀，还是钩心斗角呢？

这场竞逐游戏在1958年达到高峰：1957年，七十六岁的毕加索在垂老之际，描绘了一系列作品，戏仿致敬西班牙史上大宗匠、欧洲史上最伟大的肖像画家之一、17世纪的委拉斯凯兹；一年后，五十四岁的达利也亦步亦趋，开始了一系列委拉斯凯兹的仿作。

就这样，西班牙史上最伟大的五位画家中的三人，乐此不疲地围绕同一主题旋转。

他俩在想什么呢？不知道。我们只知道1934年，毕加索付了达利的交通费用，让达利去参加自己在美国的第一次展览。我们还知道，1947年，达利创作了那幅著名的肖像画：

《毕加索在21世纪的肖像》。

一个毕加索的胸像，大脑裸露，液态金属流过毕加索的头部，胸部的肉已开始融化。典型的达利超现实主义手法。

与达利大多数超现实主义画作类似，你很难确认，他这幅画表达的对毕加索的情感，是褒是贬。他是感慨毕加索人活着呢，却已成了丰碑传奇，还是讥讽毕加索人活着，内核却已经腐烂？

不知道。

我们知道达利的名画是多么费解，而这又恰是最难理解的一幅。

或者，也许，他对毕加索的情感，就是这么扭曲而复杂。

往前一百年，被誉为贝多芬接班人的勃拉姆斯曾吼道："你们知道贝多芬这个名字阻碍了我多久吗？"

那是大师对大师的终极情感，是敬爱、师法、企图超越、恼恨到了极限之后的感叹。类似的，我们可以将那幅肖像，理解成达利这样的情绪。在与毕加索相遇二十一年，对他敬佩无比又不断加以竞逐的岁月后，他终于找到了一种方式——一种他和毕加索能够理解的方式——对毕加索这个超自然的怪物，发出了恐惧与爱戴交加、甘苦杂糅的赞美。

又十六年过去了。

1963年，毕加索博物馆在巴塞罗那开放。达利捐出了一些他的私人收藏——是半个世纪前，毕加索创作的立体主义拼贴画。

到最后，无论如何竞逐于时代巅峰，达利还是私藏着对毕加索的一些扭曲的爱。

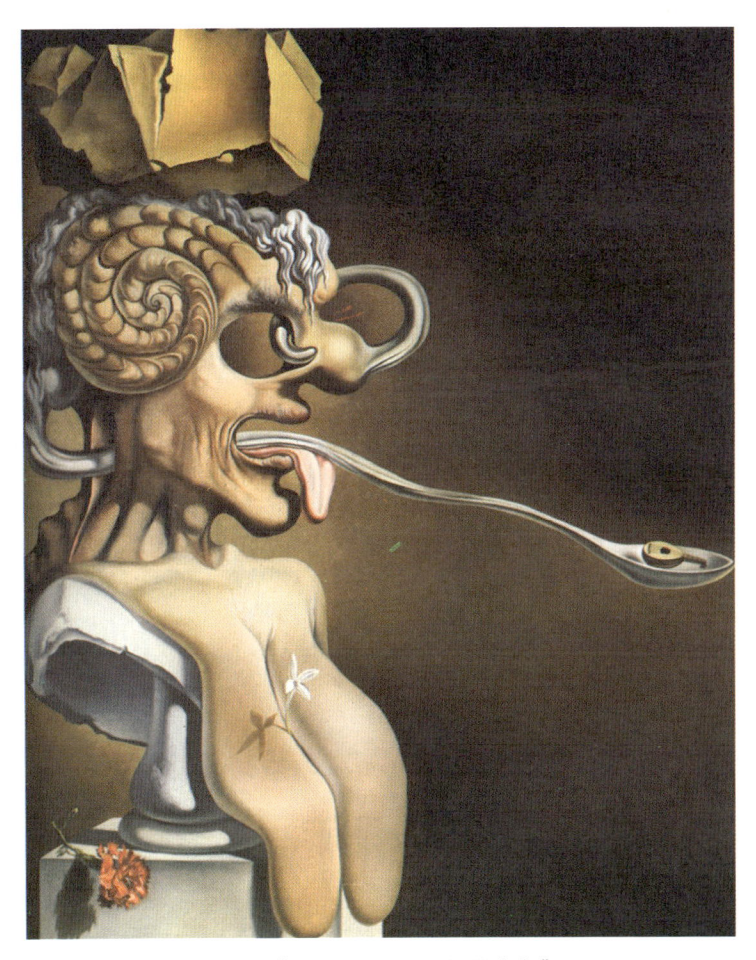

达利：《毕加索在21世纪的肖像》

梵高:1886—1888,遇到歌川广重

文森特·梵高二十七岁那年,不想再当教士、给矿工们传教了,决心当个画家。到他三十三岁,第一次进了美术学院,但一个月后就退学了。那是 1886 年,他处于人生低谷,开始当画家已有六年,离他死去还有四年;此前一年,父亲去世令他悲痛欲绝,此时他的画,恰与他的心情同样:灰暗,沉郁。那年他最有代表性的作品《一双鞋子》,只有灰黑二色,就像个矿工所穿。

——等一等,文森特·梵高,不是应该如蒲公英般金黄、如阳光般炽烈、让斑斓星月漫天旋转的半疯子吗?

——事实上,到 1888 年,他的确已经成了那个样子。

——1886 至 1888 年间,发生了什么,让一个灰黑色的静物画家变成了向太阳燃烧的金色葵花?

1886 年去巴黎之前,梵高还算个荷兰画家,秉承荷兰黄金

时代的传统:长于描绘静物,对物体材质表面精雕细琢,打光精确,阴影明晰,质感到位。除了笔触略粗之外,他的画就像一面镜子,反射自然——或者,他看上去希望如此。

但1886年,他去了巴黎。他那幅《吃土豆的人》被看中了——那幅画线条粗粝,色彩阴暗,幽深莫测,但19世纪80年代的巴黎,正是对笔触造反的时节——于是他也被邀去了巴黎,参加了印象派的第八次,也是最后一次联展。

如你所知,1886年印象派正要分崩离析。十二年前首次联展时,以莫奈为首的主力们,正待各奔东西;点彩派诸位野心勃勃,正要造莫奈的反;1886年的画展是印象派的最后斜阳,梵高赶上了。他没来得及在这次联展成名,但是:

他看到了一些画,比如莫奈的风景画,比如毕沙罗的乡村画,比如保罗·西涅克的河流景色,比如埃米尔·伯纳德的风景画——这些画现在挂在艾克·麦克雷恩画廊,一如梵高当日看见它们的样子。

如你所知,荷兰是个冬暖夏凉、水汽雾霭的海滨之国,那里的画家被意大利人称为北方画家,长于静物勾绘,但从来无法描绘南方的、热辣辣的阳光。梵高从云雾中的荷兰走来,抓住印象派最后一次展览的机会,就像抓住了最后一缕阳光。

他获得了什么呢?从1887年开始,他的画变了。他感受到了光线与色彩的重要,明白了粗重笔触的力量。他明白了"正确的素描"在光线下多么无力,领会了塞尚高呼的"根本没有

梵高：《一双鞋子》

线条，形体之间的关系靠颜色决定"这一道理，以及最重要的：

他邂逅了自己最钟爱的一个人。或者说，莫奈们让梵高认识了一个人。

1865年，法国画家费里·布拉克蒙将陶器外包装上的北斋作品给年轻画家们看，令诸位倾倒。敏锐的马奈当时就融合浮世绘技法，完成了传奇的《吹笛少年》。那一年，三十五岁的毕沙罗跟二十五岁的莫奈说：他最近在日本版画上很有心得，他认为那些东方配色沉静而稳定，"不会跳进眼睛里"。

梵高:《吃土豆的人》

莫奈显然记住了。

1873年，在《卡皮西纳林荫大道》里，莫奈很显然考虑进了照相技术和日本版画的因素。这幅画里描绘了巴黎冬日，鸟瞰林荫大道市民们所见，批评家恩斯特·谢斯诺后来认为，莫奈在此画里用到了许多西方画里空前未见的技巧。比如，莫奈采用了日本版画式的散点透视——这在日本、中国的长卷轴山水画里极为常见，但在西方焦点透视一统天下的画作概念里，实在前所未有。利用这点，莫奈成功地为画作制造了更出色的纵深感。同时，莫奈挥画雪上行人的笔触，仿佛东方水墨，将人影融在雪里，以制造动态效果。

1890年底，莫奈经济略有宽裕，在吉维尼多置了块地，连房带院买了下来。1892年，他开始建起温室花园来，栽种花木。1893年2月，一边为鲁昂大教堂的事焦心，一边买了住宅附近的一片地，引来河水，开掘池塘——这事颇不容易，因为掘河引水，得当局同意。而他总不能跑去对当局说他掘河水，是为了"让水上花园赏心悦目，为了给绘画提供素材"吧？

末了，这池子还是引水而成了。流经他住处旁的艾伯特河的一条支流，被他改道了数百米，形成了一个不规则椭圆的池子。这个美术史上最著名的池子，与莫奈餐厅里满壁的日本浮世绘风格肖似。似乎还嫌不过瘾，不够日式风情，他在水上，特意修了座日式拱桥。桥漆为绿色，跨越池塘；水菖蒲、百子莲、杜鹃花科的观赏植物和绣球花环池而居，柳树和紫藤悬垂水面，让水的色调更趋深蓝。而水面上，也就是舞台的主角位置，漂浮着粉红色的睡莲。

这是艺术史上最著名的一个池塘了——最初的灵感，依然来自歌川派的风景。

当然那是后话了。至少在1886年至1888年，莫奈们让梵高知道了遥远东方的歌川广重。

17世纪后，浮世绘兴起——浮世者，现世、现代、当代、尘世之意也。浮世绘常为描绘世间市井风情。浮世绘总以黑色描绘轮廓，之后雕刻墨板、选定色彩、雕刻色版、刷版。

歌川广重——在1797年出生时，还是安藤重右卫门。他出生时，葛饰北斋还叫作宗理。十二年后，北斋已经将浮世绘的题材发挥到了极限：《北斋漫画》已经累计了四千多幅各色各样的画，山水鸟兽、市井百态、传奇故事、妖魔鬼怪，无所不有。留给歌川广重可开拓的，也只有风景画了。

三十四岁上，已经投入歌川派，成为歌川广重的歌川广重，发布了《东海道五十三次》，成为一代传奇。那时赶上江户居民旅行高峰，大家都喜欢看他这条江户出发、东海道到京都的风景系列。他过世在1858年，那年梵高五岁。

梵高们在意的，是他近于华丽的用色，是那独特的蓝色与黄色，是散点透视和具有概括性的笔触。

梵高开始如痴似狂地学习歌川广重的《东海道五十三次》和《江户名所百景》。他的画日益明亮而狂放，笔触细碎，颜

歌川广重:《东海岛五十三次》系列的其中一幅

色狂烈,他 1888 年那幅著名的《向日葵》,比之于 1886 年的那两双灰黑色鞋子,缺少透视、短缩法和一切欧洲大师们累积起来的技巧,而尽是浮世绘式的平面、装饰性、明亮色彩和摇曳之态。

　　一个新的梵高就此出现了。他此前的三十三年灰黑色如画人生,在巴黎印象派的余晖中,被悉数烧尽,此后灰烬里,站出了美术史上最鲜艳夺目的人物。

　　如你所知,1888 年 2 月 19 日,梵高离开巴黎,去了南方的阿尔勒。他一在那里安住脚跟,就给高更写信:

　　"我永远不会忘记初到阿尔勒之日的情感。对我来说,这里就是日本。"——他没钱像莫奈似的,造一整个日式花园、拱

梵高:《向日葵》(1889)

桥和睡莲池，所以阿尔勒就是他想象中的日本，就是他想象中的东海道。那年6月5日，他写信道："浮世绘的笔触如此之快，快到像光。这就是日本人的风貌：他们的神经更纤细，情感更直接。"那年10月，高更来了。然后就是全世界都知道的历史：高更和梵高在一起画了两个月，走了；梵高失去了那只耳朵，然后继续作画，把他生命里的最后两年，燃尽在了这里。

是什么地方促使他开始燃烧生命的？还是1886至1888年，他在巴黎的见闻。他会说出这样的话：

"看日本浮世绘的人，该像个哲学家、聪明人似的，去丈量地球与月亮的距离吗？不。该学习俾斯麦的政略吗？不——你只该学会描绘草，然后是所有植物，然后是所有风景、所有的动物最后是人物形象。你就做着这一切，度过一生。要做这一切，一生都还太短。你应当像画中人一样，生活在自然里，像花朵一样。"

他一生的最后岁月，如他所言。

米开朗基罗,一生只为一个人画过肖像

"我们世纪的光芒,整个世界的模范。"

上面这个颇有《洛丽塔》"生命的光芒、欲念之火焰"意味的句子,是米开朗基罗写的。这句的分量有多重呢?我们知道,米开朗基罗这种天才,拒绝画风景与静物画,"那是给没天分描绘人体的人准备的";然后,他拒绝画活人,只觉得雕塑是唯一的英雄艺术。瓦萨里如是说:"米开朗基罗痛恨画活人——除非这个人美丽无比。"

这个美丽无比、世纪光芒、世界模范的人,是托马索·德·加伐利利。

1509年,三十四岁的米开朗基罗独自在西斯廷礼拜堂的梯子上,仰着头画不朽的天顶图时,加伐利利出生在罗马。二十三年后,他们俩在秋天的罗马初次相遇。米开朗基罗已是当世的传说,而加伐利利是个俊美青年。

米开朗基罗,众所周知,是个柏拉图主义者。他热爱纯粹

的美，热爱希腊式雕塑。孔蒂维认为他会对美丽的一切狂热沉溺，吉安托尼记得米开朗基罗会为了有天赋的人物而殉身不恤。"美丽的力量于我何等重要，世间并无同等的欢乐。"加伐利利的俊美并不只米开朗基罗看得见，瓦尔奇也说："他不但有无与伦比的美貌，举止谈吐也温文尔雅，思想出众，行动高尚。"

米开朗基罗给加伐利利写信，热情告白，是他们 1532 年秋天相遇后的事；1533 年 1 月 1 日，米开朗基罗收到加伐利利的回信。二十三岁的加伐利利谈吐谨慎，但带着感动而忠诚的口吻。他赞美米开朗基罗的天才举世无双，而且答了一句：

"我从未如爱你一般地爱过别人，我从没有如希冀你的友谊般希冀别人。"

当天，米开朗基罗立刻回信，但写了三份草稿才寄出，其中一份草稿中，米开朗基罗道，他本来想用一个词，但是，"为了礼貌，这封信里切不能用"。

那个米开朗基罗出于礼貌不能说的词，大概便是爱情了。

在他们相遇后的两年内，米开朗基罗给加伐利利送了四幅画，《对提堤俄斯的惩罚》《宙斯劫持伽倪墨得斯》《法厄同的坠落》《梦》。这四幅画的同一主题，是俊美的少年或巨人，被一个带翅膀的事物追逐。那是米开朗基罗的风格：古希腊式的、英雄的、健美又刺痛的。他无法轻描淡写表达自己的感情。

"爱情俘获了我，美丽攫取了我的灵魂。用温柔的眼睛怜悯我，以一缕无法欺瞒的希望，唤醒我的灵魂。"这是他的一句短

米开朗琪罗:《对提堤俄斯的惩罚》(上);
《宙斯劫持伽倪墨得斯》(下)

米开朗基罗:《法厄同的坠落》

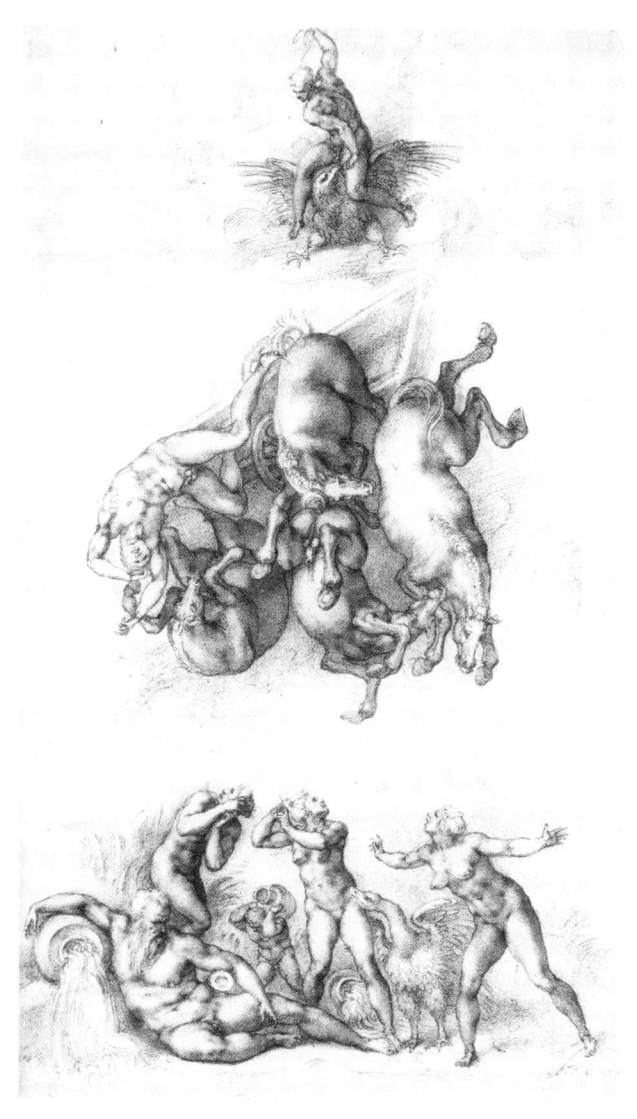

米开朗琪罗:《梦》

歌。在十四行诗 G94 里，他说愿意当加伐利利的一件衣裳。这种狂热令加伐利利略微紧张，于是米开朗基罗还说了：

"你不要为我的爱情愤怒，这爱情完全是奉献给你最好德行的……"

在他们认识二十九年后，1561 年 8 月，八十六岁的米开朗基罗连续工作三小时，重感冒倒地。第一个赶到的，是五十二岁的加伐利利。1564 年 2 月，米开朗基罗开始写各类信件给他的亲友们交代后事，加伐利利始终陪伴在他身边，直到 2 月 18 日，米开朗基罗逝世。

又二十三年后，加伐利利以七十八岁高龄逝世，但在此期间，他没有闲着。此前，1546 年，教廷任命七十一岁的米开朗基罗设计梵蒂冈圣彼得大教堂的穹顶，米开朗基罗不愿意，许多人相信他有生之年来不及完成此作品，加伐利利说服了他，并帮助他一起完成了穹顶木雕模型。在米开朗基罗逝世后，加伐利利帮着监督工程继续实施，以完成米开朗基罗最后的作品。顺便，他帮忙完成了米开朗基罗的其他遗愿，比如若干文件的整理；比如，将米开朗基罗安葬回他魂牵梦萦的故乡佛罗伦萨。

在米开朗基罗诗集卷 109 第 19 首中，他如此写道："孤独的时候，我如同月亮，只有太阳照射我才能见到。"当然，米开朗基罗是如太阳般辉煌的天才，但独自奋斗如他，还是需要一点光芒——加伐利利的，用同时代人的谨慎说法，"忠诚的友谊"，就是他生命中最后三十二年的光芒。

史上最传奇的刽子手

"你晚上能睡得着吗?"拿破仑如此问夏尔·亨利·桑松。

夏尔·亨利·桑松家在巴黎,却在少年时被送去鲁昂上学,其中自有原因:十四岁那年,在鲁昂读书的他被迫退学了,只因为他的父亲到学校来看他,却被另一个学生家长认了出来。

据说那个学生家长面色惨变,找到校方声称:如果桑松继续待在这学校,自家孩子就必须走。

"他的爸爸是桑松!刽子手桑松!!!"

不只是他爸爸。桑松一家从17世纪开始,便在巴黎当刽子手,累传六世,杀人如麻。每一代的家长自然都想过让孩子转行,每一代的孩子——包括夏尔·亨利·桑松自己——都厌恶过这行。

但最后,命运使然,他们总会回到这行来。

夏尔自己,开始是学医药的,但到成年时,养家糊口的压力，让他踏上了行刑台。1757年，十八岁的他帮着同样做这行的叔叔，处决了企图谋杀国王的刺客达米安。干完这趟之后，叔叔退休，据说他赞美自己的侄子：

"干脆利落，没让那家伙吃苦头，天生是干这个的料！"

夏尔·亨利·桑松入了这一行，开始发挥自己的天赋。他依然不爱杀人，但处决犯人于他也有个好处：他有权处置部分尸体。而他以前是学医药的，于是他行刑之余的业余爱好之一，是解剖那些他可以处置的尸体，这反过来也有利于他的手艺，使他杀起人来精益求精。

除此之外，他还是个辛勤的园丁，花园被他布置得缤纷多彩，他酷爱调弄草药；他热爱小提琴和大提琴，他的至交好友托比亚斯·施密特，一个德国乐器匠，会时不时给他提供新的乐器。

年将四十岁时，桑松成为巴黎头号刽子手，穿上了象征荣耀的血色斗篷。他为路易十六国王处置了无数犯人，而且面不改色。许多人相信，学过医药的经验对他有利：对其他刽子手而言，杀人毕竟是杀人；但他业余也行医，对他而言，处决犯人和解剖尸体，相去无几。

五十岁那年，命运为桑松带来了生涯的伟大转折。1789年法国大革命后，王室被推翻，人民需要鲜血来确认自由的安全。之前为路易十六国王杀各色不法分子的桑松，至此必须转过身来，处决王室成员了——包括路易十六自己。

伊西多尔·斯坦尼斯拉斯·埃尔曼:《处决路易十六》

在处决路易十六时,传奇的刽子手的感情前所未有的复杂。他为王室杀人,但从不支持王室;但是,1793年1月21日,当他走到路易十六身后时,大概终于意识到自己站在一个空前绝后的位置上,终于忍不住,对他要杀的人说了句:

"您知道我将终结八百年的历史吗?"

路易十六,留下了一句符合国王尊严的遗言:

"闭嘴!执行你的工作!"

桑松处决了国王,将王后玛丽-安托瓦内特留给了他的儿子小亨利:就像三十六年前,他叔叔让他当助手似的。

此前一年,桑松号召过:"我们需要断头台。"他作为业内精英,认真陈述了理由:大革命之后,杀人任务太重,老式的斩首,太累人了;养护斧子和刀具,也很麻烦,犯人一挣扎就容易出意外。

相比而言,断头台简洁、高效又准确,还能让犯人少受痛苦。他推荐了一个制作断头台的大师,他的好朋友托比亚斯·施密特。当年的乐器匠人,现在开始制作杀人工具。

于是我们熟悉的,"法国大革命,遍地断头台"的时代到来。桑松亲手干掉了路易十六,然后用断头台解决了丹东、罗伯斯庇尔这些非凡的名字。一般认为,1789年7月14日到1796年10月21日之间,桑松前后砍下了2918个人头。1795年他五十六岁那年,儿子亨利继承了他;他又给儿子当了一年多助理,确认儿子可以尽职尽责、杀人不眨眼之后,才正式退休。他将在十一年后逝世。他的儿子小亨利会接替他的职位。

"你晚上能睡得着吗？"拿破仑如此问夏尔·亨利·桑松。

当时已经退休的老桑松，看着皇帝拿破仑。

他砍下的人头数以千计，他亲手终结过八百年的王朝，他砍下的头颅堆在一起，就是一本历史书。在法国大革命期间，他本身成了一个传奇，一个工具。所有人都畏惧他，背地里诅咒他。

而他，如此回答拿破仑：

"如果皇帝、国王和独裁者们晚上都能睡踏实，一个刽子手，又怎么会睡不着呢？"

他\她

《月光奏鸣曲》被曲解的传说

扫码试读本书

在一个神奇传说里,贝多芬在月夜散步,听见一位十六七岁的盲姑娘——鞋匠的妹妹——在弹自己的曲子。他一进门,看见月光与大海,便即兴为鞋匠兄妹弹了一首曲子,灌醉了那二位后,自己跑回客店,花一夜时间记录下曲子,名曰《月光奏鸣曲》。

——嗯,至少人民教育出版社义务教育课程试验标准教科书《语文》六年级上册第二十六课,是这样写的。

在现实世界里,贝多芬从来没有写过《月光奏鸣曲》这玩意儿。三十一岁那年,他写了《升C小调第十四钢琴奏鸣曲》,第一乐章气氛朦胧。文笔华美、性情浪漫的柏辽兹认为曲子仿佛哀歌,费舍尔认为气氛犹如葬礼,阿诺德·谢灵先生认为这曲子活像《李尔王》——如您所见,这几样情调,都堪称朦胧幽暗,幽怨哀伤。然而多年之后,小贝多芬二十九岁、想象力活泼的音乐评论家路德维希·莱尔斯塔勃先生——他老人家一度垄断了法兰克福的音乐评论界,为舒伯特和李斯特写过歌词——拍出了宏论:

这不是哀歌,不是葬礼,不是《李尔王》,而是"仿佛琉森湖夜晚的月色"!

莱尔斯塔勃先生说这些话时,贝多芬已经过世,有意见也没法爬出来反对。于是这曲子就成了我们所知道的:

《月光奏鸣曲》。

至于在遥远的东方中国,如何会牵连出盲姑娘、大海与月色的神话,那是一个更费脑的故事了。

但是,等等,这曲子确实和一个姑娘有关系——只是她不是盲女而已。

1801年,三十一岁的贝多芬有一个十九岁的女学生:裘丽耶塔·圭恰蒂尼,西里西亚一个世家出身的姑娘,以美貌闻名于维也纳上流社会。两年后她将嫁给冯·加仑伯格爵爷,然后搬去那不勒斯。贝多芬将《升C小调第十四钢琴奏鸣曲》——以后我们还是叫它《月光奏鸣曲》好了——献给了她。某个传说里,贝多芬本打算献给裘丽耶塔的《G大调回旋曲》必须拿去给另一位,所以才作了《月光奏鸣曲》,但心意到了。

所以这就是事实,贝多芬作了一首曲子,献给自己的女学生。故事到此为止,没什么问题。毕竟,全世界都相信,贝多芬在19世纪初那几年,爱着的似乎是裘丽耶塔的表亲布伦斯维克家的约瑟芬，二号绯闻传说则是布伦斯维克家的丹蕾斯。她俩必然有一个，是贝多芬著名的未发出信件里，那个"不朽的爱人"。

故事的高潮出现在19世纪40年代，贝多芬已经逝世十几年。他的秘书，他最信赖的人安东·申德勒说，贝多芬曾承认过，他创作《月光奏鸣曲》时，确实爱着裘丽耶塔，以及她才是"不朽的爱人"。此事立刻遭到丹蕾斯的批驳，她认定贝多芬爱的只是约瑟芬，没裘丽耶塔什么事。当然，作为贝多芬的绯闻对象之一，她的话可信度自然见仁见智了。

于是这便是我们所知的一切：贝多芬写了一首钢琴奏鸣曲，献给了一个少女；这首曲子被一个风流倜傥的评论家命名为《月光奏鸣曲》，然后在中国被编造出了一个盲女的动人故事；而现实中，贝多芬可能对这个少女怀有一种奇妙的爱情，却始终无法被证明。这仿佛就是《升C小调第十四钢琴奏鸣曲》该有的命运：它可能被曲解了，被安上了不属于自己的传说，可能其中隐藏着另一些不为人知的故事，连名字都是旁人安插的——而世界的某一部分津津乐道以讹传讹着，真相却永远随着贝多芬的灵魂一起，消逝了。

19世纪英国画家约翰·格里姆肖笔下的月光

1802年出版的第一版《升C小调第十四钢琴奏鸣曲》乐谱（第4页）

波纳尔和玛尔黛

1893年的某天，皮耶尔·波纳尔在巴黎街上溜达。很多年后，他将会作为后印象派宗匠、纳比画派创始人而留名于世，但那会儿，他只是个二十六岁的孤独画家。他爸爸，一个参加过普法战争的军官，打小逼着他通过了法律考试，根本不相信他在画画这条路上能走远：就他这三棍子打不出一个屁的小子！那天在街上，波纳尔很羞涩地帮一个刚到城里、还不习惯巴黎交通的女孩儿过马路，然后因缘际会开始聊天。虽然他留了一把犹太人式的大胡子，但他羞于说话，倒是女孩子主动大大咧咧说，自己十六岁，名叫玛尔黛·德·梅里妮，刚来巴黎，在一个卖花给葬礼的花店里打工。

后来她就成了波纳尔的模特，然后顺理成章地，成了波纳尔的情人。

波纳尔不喜欢站在人前，不喜欢烦琐的生活。只有面对玛尔黛，他似乎才能安心画画。19世纪末，全世界都在涌向巴黎，他一个人住在巴黎，却喜欢去乡间，安静地画玛尔黛。他从来没告诉家里他有个女人。1910年，他直接离开巴黎，搬去了南部。

当波纳尔发现，玛尔黛也不喜欢别人注视她——除了波纳尔自己——他有种相见恨晚之感。于是他们俩出门时，哪怕是晴天，波纳尔也带着伞，遮盖住玛尔黛，保护着她。奇妙的是，她怕被人看，倒愿意让波纳尔画她、给她拍照，甚至画她的裸像。也许她相信，波纳尔一直在保护她——实际上也是如此。

玛尔黛有一种奇怪的癖好：洗澡。她总是嫌自己不干净似的。也许是因为她健康状况不算好。波纳尔要画身边的事物，自然不会放过这个题材。但他画玛尔黛洗澡时，不会画出她的脸来。

更神奇的一件事是，虽然玛尔黛的健康状况日益糟糕，体态不断枯萎，容貌渐渐丑陋，但波纳尔总是将她画得夸张的年轻，无比的美丽，而且很健康——仿佛这也是一种祝福和保护似的。波纳尔说他并不拘泥题材。他总是走着，忽然想到一种色调混合方式，就做个笔记，然后回家，"我回想，睡觉，做梦"，画他梦见的东西——然后，就是各种模样的玛尔黛。

1930年，波纳尔写了封信给朋友：

"我现在尽量过着离群索居的规律生活，因为玛尔黛已经抵制社交生活了，我也得尽量少接触人。"他真的不接触人了。那

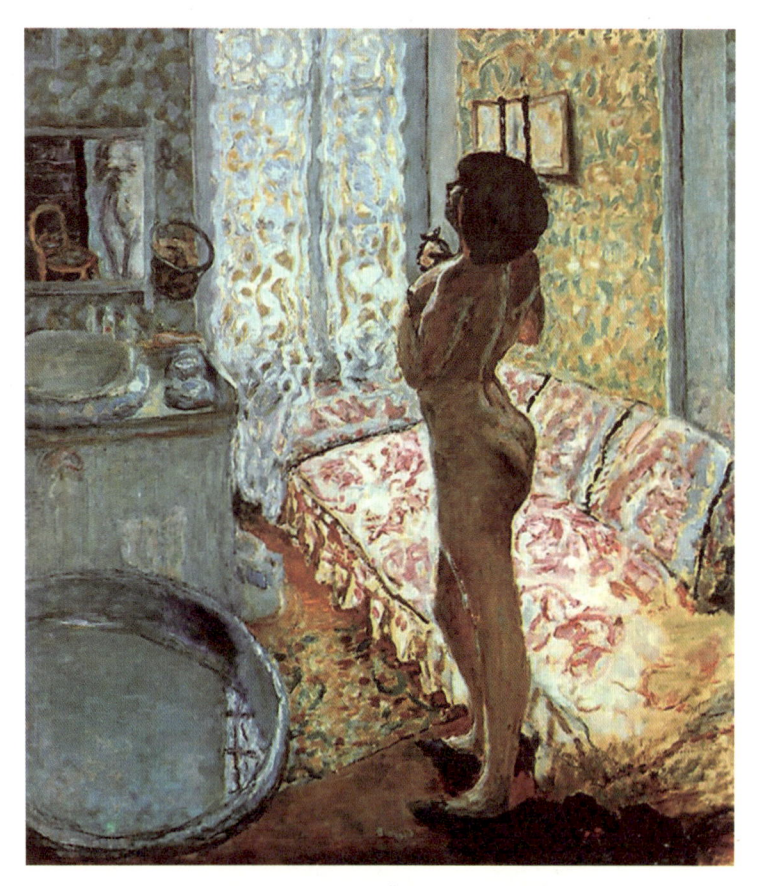

皮耶尔·波纳尔:《逆光下的裸妇》

时,波纳尔要去咖啡馆见朋友,会告诉玛尔黛:

"我出去遛狗。"

1925年,在他们初次相遇三十二年之后,波纳尔和玛尔黛结婚了。直到那时,玛尔黛才告诉波纳尔一些事:

哪怕对波纳尔这样的至亲至爱,她也没有说出全部实话。她初次遇到波纳尔时,不是十六岁,而是二十四岁;她的真名叫玛利亚·布尔辛。她有个妹妹,她偶尔会和妹妹喝咖啡,说自己有一个艺术家情人,就这样。当然,波纳尔也告诉玛尔黛:他的家庭,完全不知道她的存在——直到结婚这一天。多么奇怪:他们已经在一起了三十二年,可是波纳尔刚知道她真实的名字和年龄。

没有人知道他们俩是谁在拉扯着谁。有一些人相信,玛尔黛拖累了波纳尔,让他无法去社交生活;但另一些人认为,玛尔黛成全了波纳尔,或者说,是波纳尔选择了这样的孤独生活,玛尔黛简直是为他定做的伴侣。他们就这样离群索居着,沉默地过着日子。

1942年,玛尔黛过世。医生曾根据她的身体状况猜测她大概会在四十岁前后死去,但她活到了跟波纳尔相逢四十九年之后,七十三岁的年纪。到这时候,波纳尔的家庭和玛尔黛的妹妹才知道他们的夫妻关系。波纳尔给玛尔黛举行了一个火柴盒那么大规模的葬礼,告诉了他为数不多的朋友"我妻子去世了",就这样。

噢，他写了一封信，给另一位大宗师、他的好朋友亨利·马蒂斯：

我亲爱的马蒂斯：

我有些悲伤的消息给你。经过一个月的病，她的肺和消化器官都被感染了，我可怜的玛尔黛死于心脏骤停。六天前，我们把她葬了。你可以想象我的难过和孤独，我心中充满了苦涩，以及对从此之后生活的忧伤。我在这里待着，还好有我的一个侄子陪伴。

之后，我可能会有勇气，四处走走，到尼斯来访问你。

你的波纳尔

玛尔黛死后，波纳尔又活了五年。这五年里，他没有玛尔黛可以画了，就开始改画风景。1947年，他去世了。在去世前，他又跟马蒂斯来往写了几年的信，但他再也没有提到过玛尔黛。就像很多年以来，他一直默默地弯着腰，伸出伞，保护着她的脸似的；就像很多年以来，他一直画着她，但经常用碎色彩把她美化成另一个人似的。实际上，他的一生，只有在给马蒂斯那封信里，真正谈到自己的爱、绝望和忧伤。

罗马史上第一艺妓

拉斐尔的作品以"理想之美"著称,意大利传记家所谓 bellezza ideale。话说他完成著名的《该拉忒亚》后,有人问他:画中女子如此之美,不知道模特是谁?拉斐尔目下无尘地说:

"我画中的模特都在我的理念之中,不存在于现实的世上!"

当然,这话实际上有些吹牛。他老人家那些圣母像可能真是由"理想之美"的概念捏出来的模样,但《该拉忒亚》的女主角模特,却是真实存在的:那姑娘叫作英佩里亚·拉·狄维纳,又号"女王",是个罗马艺妓——实际上,她是欧洲史上第一个著名艺妓;甚至艺妓 courtesan 这个词,都是为她创造的。

意大利历史上的妓女们,一度生计很艰难,被管制得缩手缩脚。比如,维罗纳市政官员不知怎么想的,1327 年规定,妓女只许在该城的古罗马竞技场遗址搞服务。罗马人曾经到处建竞技场,至今瑞士、法国境内都有不少完整保留,这倒不是问题；问题是竞技场这种黑魆魆的露天古老所在，大半夜的，显然不人性化。二十八年后，佛罗伦萨规定妓女只有周一和周六可以进城服务，其他时候，都得在外头老实待着。

这个规矩，大概是 14 世纪中期开始放松的。那会儿宗教人士都承认了圣奥古斯丁和托马斯·阿奎那两位宗师的看法，承认"卖淫是一种必要的罪恶"，可以帮助良家女子免受男子的侵犯。于是妓女们开始自由发展，之后的乱乎劲儿就不用提了。

但艺妓，是另一回事。

话说 15 世纪，罗马教廷有了种新需求：教会里行走的诸位先生，开始招一些女随从。牧师们是不能成婚的，所以他们也没法跟招来的女随从成婚，但可以以"教育她们宗教礼节"的名义，长期跟她们相处。那会儿教廷的诸位，也不都能断除情欲，薄伽丘的《十日谈》一百个故事，小一半都是描述意大利教士们怎么想方设法勾搭姑娘上床的。这就催生了个新职业，所谓艺妓。艺妓们通常找一个主要客户，当作稳定的经济支持，但同时也跟其他客户眉来眼去，你来我往，穿梭于教廷、大富豪和贵族之间。她们通常美丽、潇洒、会唱歌、口齿伶俐，等闲妓女，那是无从望其项背的。

英佩里亚 1481 年出生，十七岁时搭靠着当时世上最富有的银行家阿格斯蒂诺·基吉，但同时还跟别人拉扯着，生了个孩子，也不知道是不是基吉的。英佩里亚在当时的传说里，诙谐、聪明又高雅，而且她没事就靠着窗口，让来往贵族看得见她的倩影,但可望而不可即,心痒难挠。这个招式后来被推而广之,成为罗马美女们惯用的撒手锏。1581年,也就是英佩里亚出生整一百年后,法国大宗师蒙田去罗马旅游,印象最深的就是"罗马人最喜欢干的就是逛街游荡",为了什么呢,为了看那些窗口的美人,"她们展示自己美貌的方式极为惊人,用面纱或只露侧脸,但依然美丽,而且近看来,比远看更美"。她们在窗口,把自己摆成一张画,任人垂涎;坐马车出门,都要多开几个窗,让大家看见她。英佩里亚如此好手段,自然有无数仰慕她的人,包括拉斐尔和后来成为教皇克莱芒七世的朱利奥·德·美蒂奇。给拉斐尔做模特,这事儿后世会觉得奇怪,但当时被艺妓认为挺高雅:威尼斯的名艺妓,也愿意给提香这样的大师当模特。因为画画儿毕竟是风流雅事,那时代没照相机,用画作宣传自己的美貌也是一种方式。再者,那时的画大多私人藏着,庶民百姓,等闲也看不到。居移气,养移体,人有了钱,做派自然不凡。英佩里亚的一个仰慕者班代罗说她的住所富丽堂皇,"天鹅绒、锦缎和地毯;金丝刺绣的帐幔;樟子的檐口用金粉和佛青(当时最贵的染料)装饰,以及条纹大理石;装饰品上千;绿色天鹅绒桌布上放着鲁特琴、提琴和一些拉丁文书籍"。西班牙大使来参观时,觉得眼睛都要被闪瞎;憋了口痰无处可吐,最后一回头,吐在自己仆人的脸上。仆人正纳闷,大使说话:

"别觉得你受了伤害;我在这里看到的一切如此赏心悦目,

除了你的脸！"

然而一物降一物，卤水点豆腐。英佩里亚也遇到了麻烦：她长期只保持少数的客户，让更多的仰慕者只能远观而不可亵玩，可是不小心，爱上了安杰洛·德尔·布法罗。后世都传闻这小子在锡耶纳地区，容貌无人能比，对付女孩子手段了得。英佩里亚着了魔，把他认作了真命天子。然后，理所当然地，好比杜十娘遇到李甲，安杰洛娶了别家的贵族千金。英佩里亚于是做了以下事情：

她有个女儿，于是以自己的魅力，诱得阿格斯蒂诺·基吉认下了自己的女儿，而且叮嘱"你要给她一个伟大的婚礼"。

给拉斐尔当了两幅画的模特，保证自己的容貌会流传后世。

1512年，她选择了服毒自尽，完美殉情。两年之后，拉斐尔画出了《该拉忒亚》，将她的美貌流传了下去。她的女儿则继续锦衣玉食地生活在世上。基吉是个重情义的富翁，特意在圣格里高利教堂，为她举行了隆重的葬礼，墓碑上刻道：

"英佩里亚，罗马的交际花！你与这名字多么相称，世间少有的美人！"

很奇怪的是，她也是那些传奇艺妓里少见的以这种方式结束人生的人物。艺妓寿命都不长，或者是遭遇各类死于非命（文艺复兴时意大利的治安相当糟糕），或者是生病所致。威尼斯传奇艺妓维罗妮卡就很聪明，她慢慢积累着财富，到六十岁时不仅衣食无忧，还来得及开一个避难所，收容老去的妓女，她的理论是：艺妓或者容易冲动，于是多病短寿或容易遭意外；或者深谋远虑于是会红得更久。英佩里亚却很奇怪：她姿容绝色，又饶有手腕，能自由穿梭于上流社会，却还是栽进了一段情感里，而且认了真，最后以如此理智的方式给自己安排好后事后果断殉情——所谓绝代美人，就是不太一样。

拉斐尔:《该拉忒亚》

那个海明威不愿意提及名字的女人

1925年7月21日,恩斯特·海明威,一个在巴黎过日子的清苦青年,在他二十六岁的生日这一天,开始写他第一部长篇《太阳照常升起》。八星期后,小说完成,时序入秋,大他八岁的太太哈德利去奥地利过冬,海明威则在家修改校正稿子。1926年1月,一个大海明威四岁的时尚杂志女编辑波琳·法伊芙,成了哈德利的朋友,加入了他们夫妻的度假生活。

波琳在密苏里大学学习过记者专业,正经在克里夫兰、纽约和巴黎的《VOGUE》杂志工作过,了解美国出版行当,她建议海明威将小说交给斯克里布纳之子出版公司。海明威遵从了。这是第一次,海明威没有听从妻子哈德利的意思。很多年后,在《流动的圣节》里,海明威如是说:

"丈夫工作结束后,发现身边有两个漂亮姑娘,一个是新奇而陌生的;如果他该倒霉,他就会同时爱上这两个人的……所有邪恶都是从清白纯真中开始的……你开始说谎,又恨说谎,这就毁了你……"

过了年后,1926年3月,海明威去了趟纽约,跟出版商谈出版事宜。依照多年之后海明威的说法,他应该回到巴黎,立刻坐第一班火车去奥地利,和哈德利会面,但他爱的那位姑娘正在巴黎,"因此我没有乘第一班火车,也没有乘第二班、第三班。"

1926年春天,哈德利知道了海明威与波琳的私情。与此同时,海明威将《太阳照常升起》改出了一个哀伤悠远的结尾。1926年夏天,哈德利要求分居;10月,《太阳照常升起》出版,11月,哈德利要求离婚。1927年1月,海明威与哈德利离婚,5月,他与波琳结婚,并皈依了天主教。又十个月后,他和怀孕的波琳一起离开巴黎,回到了美国,就此告别了他著名的巴黎岁月。波琳的产子并不顺利,一度有难产的征兆。海明威据此写出了《永别了,武器》结尾,催人泪下的妻子难产而死、丈夫独自离去的场景——虽然现实中,波琳并没有死去。

波琳家资豪富,于是海明威在美国过得称心如意。1930年年底,海明威出车祸,右臂受伤,住了七个星期医院,长达一年间举动困难,波琳照顾着他。1933年,他和波琳去东非玩了十个星期,这段旅途为海明威提供了无数非洲故事的素材。凭借这些经历,他写出了著名的《非洲的青山》《乞力马扎罗的雪》和《弗朗西斯·麦康伯短促的幸福生活》。很奇怪,在这些

1930年海明威与波琳的合影

小说里,都有一个家资富裕,但并不了解男主角内心的女主角。尤其是《弗朗西斯·麦康伯短促的幸福生活》里,女主角有意无意地,还枪杀了男主角。

1937年西班牙内战爆发,海明威支持共和军,波琳支持国民军。海明威身为战地记者去到前线,在那里遇到了前一年圣诞节在美国认识的记者玛莎·戈尔霍恩。她与哈德利一样是圣路易斯人,与波琳一样曾为巴黎的《VOGUE》工作。而且用旁人的话说,"她从来不像其他女人那样,宠着海明威"。这个独立自主的姑娘和海明威又有了私情,一如十年前。1939年,海明威与波琳漫长痛苦的分居有了结果:他去了古巴,1940年,他和波琳离婚。

1964 年，海明威死后三年，他关于巴黎的随笔集《流动的圣节》出版，主要记述他的巴黎岁月，他与哈德利的患难之情。他与哈德利如何在一个勒穆瓦纳主教街，没有热水、没有浴室的窄小房间里，彼此谈论"我们真好运""我们要永远相爱"；他与哈德利如何赌马、看自行车赛，如何快乐度日。最微妙的是，全书没有提及一次波琳的名字，只是用"我爱的那个姑娘"作指代。

在海明威那次本该坐第一班车去奥地利，但"因此我没有乘第一班火车，也没有乘第二班、第三班"的偷情故事之后，《流动的圣节》如此写道：

"后来，火车沿木材堆开进车站，我又看见了站在月台上的妻子，这时我想，如果我不爱她而去爱别人，真不如死了的好。"

在他的心里，第一任妻子就是这样阳光烂漫，而波琳就这么不堪，这么邪恶，连名字都不提一句吗？——实际上，波琳可能是出现在他小说里最多的女性角色了。

2009 年，波琳和海明威的孙子，推出了《流动的圣节》新版，补全了许多关于波琳的情节。值得一提的是，初版《流动的圣节》，是海明威的第四任妻子——刘，他和玛莎结婚五年后又离了——校订过的。一般猜测，这位第四任对第二任并不满意，所以删减了她的很多故事。然而，我们也无法确认新版的《流动的圣节》，就是海明威对波琳的真实想法。毕竟，他有太多位夫人、太多段婚姻了，而各位夫人在各种故事里，形象都不太一样。

只有一点是确定无疑的。海明威在写作《永别了，武器》时，写到那位难产待死的妻子时，他想到波琳；他去到东非打猎，此后不断回忆起东非、写他的狩猎故事时，波琳总在他身边。波琳成全了海明威笔下最辉煌、最有名的一些故事，这是无法抹去的——尽管在海明威后来的回忆录里，她被描述得有些邪恶，连名字都无法留下。

亲手描绘妻子遗像的莫奈

1865年之前,克劳德·莫奈是个穷酸的风景画家。他画勒阿弗尔海岸,画塞纳河口,画鸿弗勒尔,画枫丹白露。但他画人的经历,不过是少年时在故乡,收费二十法郎一幅,为人作漫画像。

也就在这年,他遇到了来自里昂、灰蓝眼睛的姑娘卡米耶·唐秀,小莫奈七岁,这年不过十八。

莫奈用四天的时间,以神速的笔触,完成了一幅231厘米长、151厘米宽的油画《卡米耶》,又名《着绿衣的女人》。卡米耶背对观画者,只露半面,但光线恰好落在她脸上:细腻的、幽微的、疲倦的、似笑非笑、莫可名状的细节。1866年,这幅画被选入沙龙。这是莫奈第一次获得评论家大肆赞美的作品。大作家左拉抒发宏词:

"你看到她那样疲倦,没法微笑、没法耸肩,你无法想象这一切刻画得多么好……这幅画气质卓然,简直是宦官堆里站了个男人!"

也就是这年,莫奈完成了《花园里的女人们》。他只有卡米耶一个模特,怎么画"女人们"呢?嗯,那就让卡米耶先后扮演三个女人吧……为了这幅 255 厘米长、250 厘米宽的大画,莫奈经常和卡米耶坐在一起等候半天阳光,当阳光来到后,他让卡米耶就位,自己动手……这是莫奈第一幅独立完成的、成型的大幅户外光影作品。

然而,他们的日子并不顺当。实际上,后来名闻世界的那拨印象派画家,这时候都是穷光蛋。1866 年莫奈回故乡勒阿弗尔作画,一半也是为了躲避债主。许多传说里,他有超过两百幅画没来得及带走。虽然莫奈临走前把画毁了,但仍被债主拿走,按捆卖钱,以抵其债。所以莫奈只好躲在故乡,将卡米耶留在巴黎。1867 年 7 月,卡米耶给莫奈生了第一个儿子让·莫奈,可莫奈都没钱去看母子俩。

1870 年开春,莫奈三十岁,跟卡米耶正式成了亲。他们搬去了图鲁维,也就是布丹常画海景的度假胜地。莫奈在那里完成了《在图鲁维海滩上》。这幅画更确切的名字,该是《莫奈夫人在图鲁维海滩》——卡米耶在画里,梳着辫子、着蓝条纹白衣,背朝大海坐着。这是幅小画,是他们在一起以来,最悠闲的时节。一年后,夫妻俩搬去了阿让特依。又一年后,莫奈完成了《阿让特依的罂粟》,这可能是他最清新动人的画作。这幅

莫奈:《着绿衣的女人》

莫奈:《在图鲁维海滩上》

画上有蓝天白云，下是绿野上粗浓笔触点出的红罂粟。

1875年春天，莫奈又穷到没法过日子了：他的信用已经没法从肉铺里赊出账来，面包店老板见了他就一脸晦气。这一年，卡米耶得了肺结核——如你所知，医生的脸色，从来是按你口袋里的法郎数定的。莫奈一度可怜到"如果明晚付不出600法郎，我的一切会被拍卖"。他用一句话总结自己的处境：

"身处贫穷，往往即是罪过。"

也就是在贫穷中，1875年，莫奈完成了著名的《持阳伞的女人》——全名是《散步，持阳伞的女人》。画中卡米耶撑阳伞被风吹起裙摆，身旁站着儿子让·莫奈，形容优雅，节奏轻快，是印象派史上乃至美术史上最经典的女性肖像之一。在卡米耶身后，明亮的阳光染白了她的阳伞尖梢，她飘动的裙摆和绿草地、黄野花交接处则是另一番色调。这幅画里，莫奈的技巧娴熟得令人感动：他的笔触自由挥洒，毫无学院派的细腻拘束之风，让全画从情景到笔触都有风飘云泻、一家郊游的欣快感。画里鲜活动人的情致，全是打热情的笔触和鲜活的颜色里来的。

但是肺结核与贫穷，还是将莫奈和卡米耶逼到了巴黎郊区的维特伊。1878年秋天开始，莫奈不敢离开维特伊了。那段时间，除了维特伊村，他别无可画。生活的窘迫，心情的抑郁，让他开始减少五彩斑斓的浓颜料。他开始更多用褐色和绿色这些廉价、且易吸收光线的冷色调，让画面和他的心绪一样阴暗。

1879年9月5日,卡米耶死去,时年三十二岁。有许多传说相信,当时莫奈已经和艾里丝·霍舍戴——他一位朋友的妻子——生了情愫。但这种传说很难解释之后的事。莫奈如此描述:

> 那天,我发现自己珍爱的女人死了。我很惊诧。她的眼睛机械地注视着悲剧的时光;尸体的腐化开始了,她的脸开始变色:蓝色、黄色、灰色……很自然的,好像是希望我重现她最后一个形象:这即将永远离开我的形象。

于是,莫奈去找到了画笔和画板,看着相伴十四年、如今已经死去的心爱之人卡米耶,开始绘画。

他用了蓝色、淡紫色、玫瑰色和白色,漂浮不定的笔触,描绘了死去的卡米耶。《已去世的卡米耶在床上》与四年前的《散步,持阳伞的女人》,构成了美术史上最残忍的对比:当年的明媚阳光、流云浮动、芳草鲜美和裙摆飞扬,与此时的秋寒凄悲、青紫绿灰,其生也媚,其死也寂。

莫奈当时在想什么,只有他自己知道。他习惯了用画笔不带感情地记录眼前所见的一切,但在他所画妻子生与死的比照里,你仍能看出他的感情来。或者是季节的关系,或者是穷愁潦倒所致:1879年的莫奈正经历人生寒秋,一切都在将他的画

莫奈:《散步,持阳伞的女人》

莫奈:《已去世的卡米耶在床上》

向着清寒的方向推去。莫奈认为,卡米耶的遗骸色彩,"甚至在提示我该怎么画……有些色彩让人颤抖与震惊……"

一个微妙的细节:

卡米耶的到来开始了莫奈的人物画历程,而她的死去似乎带走了这一切。此后,莫奈开始画诺曼底海岸,画森林绿树,画麦垛,画鲁昂大教堂,画他著名的吉维尼花园和睡莲,画伦敦,却几乎再也不认真画人物主题肖像画。1886年,他分别以自己的情人艾里丝·霍舍戴与继女苏珊娜·霍舍戴为模特,画了两幅阳伞画,与卡米耶曾经的那幅极为相似,然而,他没有画出苏珊娜的五官——实际上,从卡米耶死去到莫奈以八十六岁高龄结束他不朽的生涯,足有四十七年,但克劳德·莫奈,几乎没再画过女人的五官。

世上最美的女人

"金钱随着睡觉累积起来。睡得越多,钱越多。只不过,不是一个人睡罢了。"

阿古斯蒂娜·奥特罗·伊格莱西亚斯如是说。

当然,在19世纪后半段往后一个世纪,欧洲的风流圈子里没人叫她全名。大家只叫她"美丽奥特罗"。

美丽奥特罗1868年生于西班牙加利西亚一个乡村——多年后她自称生在安达卢西亚,好往自己脸上贴金。她的母亲卡门没辜负这个名字,卖唱献舞于街头,也不介意出卖色相。六岁时美丽奥特罗有了个讨厌她的继父。十一岁的夏天,美丽奥特罗被一个叫维南西奥·罗梅罗的皮匠强奸了。依照她的说法,从那时起,她开始憎恨男人。

这次凌辱仿佛为她的人生书页划了一道伤痕,从此她的轨迹外人无法想象。十三岁那年,她爱上了十六岁的流浪歌手帕科，跟帕科学会了弗拉门戈舞，最后被帕科逼去当了妓女。似乎那段时间，帕科逼迫她堕胎，从此落下了不育的病根。十四岁那年她去了巴塞罗那，同时游走于两个情人之间。其中在赌场认识的弗朗西斯科，给她起名卡洛琳娜，教她赌博，怂恿她开始舞蹈生涯。

然后，传奇开始了。

舞蹈演员在19世纪后半叶，是个兜售美貌的完美职业。她已经知道如何让男人爱上她，如何伤害男人了。银行家弗里塔是她下一个猎物。弗里塔为她赎身，教她贵族礼仪，好在舞蹈界更上一层楼。她跟着弗里塔去了马赛，然后是蒙特卡洛，随后艳名传遍法国。二十一岁，她去了巴黎，在世博会期间的舞蹈演出令巴黎人震惊。约瑟夫·奥勒，红磨坊的创建者，都迷上了她。

她有两个奇怪的爱好：其一，洗澡；其二，没事就去法国南部，试用各类香水。

现如今，你从戛纳蔚蓝海岸出发，走半小时到火车站，坐半小时火车，就到了香水之都格拉斯（Grasse）。花宫娜（Fragonard）香水老厂与博物馆在半山腰，再走几步，便是国际香水博物馆。满山都是刚试完买完香水的诸位，走在路上，都会被柑橘柠檬玫瑰晚香玉薄荷茉莉花味道塞住鼻子，去咖啡馆一坐，生怕店家一高兴，就给端一盘切薰衣草拌香子兰沙拉，洒上乳香就端来了。

香水这玩意儿，其实是东方出品。英语叫 perfume，法语叫 parfume，语源是拉丁语，par fumum，意为"穿过烟雾"。

公元前，美索不达米亚平原的人们，就晓得拿油去浸花，浸到后来，油中便带花香，这就是最原始的香油了。埃及人先用这玩意儿来蒸熏、祭祀、做木乃伊，然而这东西粗制滥造，留香难久，法老们嫌弃。被砍了一批脑袋后，祭司们急中生智，混合了撒哈拉来的杜松等料，效果便好些。希腊人学了香油制法，用在体育锻炼里。希腊人喜过露天生活，锻炼完了，洗了澡，抹上香油，在雕塑般的身段上加件袍子，就能去广场。希腊人太爱香水，以至于陪葬时用个陶罐，里面装些香水：去地府见哈迪斯前，也要一身喷香。后来罗马人打了希腊，平了埃及，逼死了埃及艳后，把这玩意儿全套学了去。罗马和平时期，贵族们把香油洒在小鸟羽毛上，放小鸟满厅堂飞舞，于是满室香氛流动。虽然浪费，但罗马人有个创举：他们是历史上第一批用玻璃制作香水瓶的人——影响了后世多少香水瓶的设计啊。

中世纪前期西欧割据纷乱时节，阿拉伯人对香水发展起了大作用。一来阿拉伯人占领的地界，从北非、地中海东岸到中东，恰好是香料植物遍布的地界儿，不愁取材；二来阿拉伯人中诞生了无数化学家，这不，蒸馏酒和唇膏也是他们发明的；三来那会儿阿拉伯人和基督徒都相信香料是大宝贝。9 世纪时，阿拉伯人已经总结出一百来种制香方子，其玩法依然是从植物和动物身上萃取，然后以试剂固定香味——说难听点，就还是一堆液体，里面漂浮些植物残骸，最后提出点香味来。

伟大的伊本·西那先生，波斯史上著名的哲学家、医学家、自然科学家，在公元 1000 年后不久，给世界带来了千禧年礼物。他可以用蒸馏技术，打花朵里蒸出香味精华来。他老人家身体力行，蒸出了玫瑰花味的香水。这是个划时代的创举，打这以后，贵族们再也不用把植物叶子连油抹得一头一脸，而是可以优雅从容，把提炼萃取的香水往身上洒了。

伟大的凯瑟琳·德·美蒂奇奶奶，佛罗伦萨大豪族美蒂奇家的闺女，教皇的亲戚，嫁给了法国国王亨利二世，带去了无数法国人没见过的稀罕玩意儿，比如东罗马流传过来的雕塑，比如冰淇淋，比如——香水。

这才是香水第一次在法国落了地。

可是法国怎么会后发制人，成了香水之都呢？

18 世纪，以意大利和法国为首，全欧洲都展开了如火如荼的制香运动。薰衣草、鼠尾草、玫瑰、茉莉花之类植物，被一一分拣萃取；麝香可以保存长久？雄麝们于是难逃猎人魔爪。欧洲航海家们，那时已经把触角深深渗透到东南亚香料群岛，发现东南亚是个香料宝库，那还有什么客气的？

当然，最后最关键的，还是法国 19 世纪。19 世纪后半段，香水就和梦幻、浪漫、美女、贵族、东方神秘、园林风景挂上了钩，让人手持香水，只觉得满眼都是薰衣草、玫瑰花、晚香玉、土耳其宫廷绒毯，之后 20 世纪香水大行其道，只是顺理成

奥特罗——让·罗伊特林格摄

章：奢侈品从来卖的就是感官的享受、爱情与梦想。至于琐屑真相，留着写论文就行啦，千万别沾染了如梦似幻的广告文案。

说回我们的女主角。

奥特罗喜爱洗澡，喜爱洒香水。她的某个前情人认为她自觉是污秽的，所以需要装饰；另一位前情人则认为污秽堕落本身就是一种美，她只是借香水增强自己的性吸引力。这二位当然都无法影响到奥特罗。

1890年，美国大人物恩斯特·约根斯来巴黎访问。已经得到"美丽奥特罗"绰号的她，勾引了约根斯，让他迷迷瞪瞪，接受她去美国巡演，这年她二十二岁。

到二十四岁时，她在巴黎演出，用华丽的珠宝装饰自己的胸部。当时她声名太大，大家都说她的出现，足以愉悦一切感官：香水的味道愉悦嗅觉；动人的声音愉悦听觉；肌肤属于触觉；美丽属于视觉；至于其他只有情人们能够享受的，生死折磨的爱情，大家就不知道了。反正，风流人物都说：当时新起的戛纳海岸卡尔顿酒店穹顶，一定是被她美丽的胸部刺激出的灵感！

1888年电影诞生，1895年电影首次在法国播放，三年后，三十岁的"美丽奥特罗"成了电影史上第一位明星。她成了19世纪和20世纪之交一切传奇的主角。电影、舞蹈、歌剧、贵族们为她弯腰鞠躬，亲吻她的双手。她的绯闻男友包括英王爱德华七世，比利时的利奥博德二世，俄罗斯的王公贵族，西敏寺公爵，俄罗斯的尼古拉斯大公。她丝毫不介意别人知道她的过去，她甚至宣扬自己恨男人。她出入于酒会、赌场、歌剧院与各类豪宅，随便一个回眸就能让世界颠倒。确认的为她自杀的痴情人就有六个，决斗的更是不计其数。以至于她的回眸被称为"塞壬的自杀"。

她的卧室色调随心而换，帷幕与香水也不断变化。她知道如何用光线、色调与香水将自己隐藏在天鹅绒的阴影里，知道怎样的效果可以催生爱情，怎样的效果可以产生欲望。自己的肢体应该如何摇曳。她知道美与诱惑的价值，那些隐藏在她幼年苦痛中的价值。

她知道自己多么昂贵，知道这会如何刺激男人们来找她。甚至可以猜测，她渲染了自己的早年悲苦，以便让她在贵族圈里，担当一个如此妖异的女人：一个贫贱但美丽，魅惑又邪恶，放浪却又才华横溢的夜之情妇。她那么美丽，又那么危险。欧洲上流社会相信她是世上最美的女人。

年过四十之后，她聪明地猜测到了未来。她在尼斯买了栋房子，房价折合到现在有1500万美元。但她晚年，是住在火车站附近一个小旅馆的，因为她折合如今2500万美元的资产，大多在赌场里被挥霍掉了。

但她无所不能的美貌再次起了作用：蒙特卡洛赌场的当家最后决定，为她付房租，直到她自己死掉。

与一般穷愁潦倒、多病早死的交际花不同，她活得很长很长,直到九十六岁,她静静地死在尼斯那个不用付房租的房间里。"女人命中注定的任务,就是保持美丽。一旦她老了,就得学会砸碎镜子。我很平静地等待死亡。"她晚年如是说。一个惨烈妖艳的开头,却是这样悠长的结尾。有邻居说她喜欢回忆过去,但翻来覆去,只是"王公、盛宴和香槟",以及她偶尔打开房门,房间里浓郁的香水味。

也许这就是美丽的代价:用年少时的美丽获得一辈子的倾慕与谈资,然后在九十六岁之前,不断回忆。

苏珊娜·瓦拉东,一个彻底的女人

您叫什么名字?

玛利亚。

是真名吗?

不是。当模特还需要报真名?

当然不用。几岁了?

十八岁。

结婚了吗?

没有。但有个孩子了。

孩子有爸爸吗?

没有。我自己都没有爸爸。

——在我想象中,1883年,雷诺阿初次见到玛丽·克雷门蒂娜·瓦拉东时,会发生以上对话。

一个巴黎洗衣妇的女儿,不知道父亲是谁,十一岁弃学,工作履历里包括了给帽子店、花圈店、蔬菜贩子打杂和在饭馆端盘子，十六岁那年从秋千上摔下来，结束了她短暂的一年马戏团生涯。十八岁生了个儿子，与她一样没有父亲——虽然后来她的朋友米格尔·郁特里罗帮忙，认了这个儿子，给他起名叫莫里斯·郁特里罗，但大家都知道他只是个假爸爸。

这就是十八岁前的玛丽·瓦拉东的生平。

直到她用起"玛利亚"的假名，开始为蒙马特高地那批年轻画家当模特，命运才开始改变。

她一踏入画室，便显出作为模特的天分。不只是她很美——印象派作曲家萨蒂说她眼睛美丽，双手温软，双脚纤细——还在于她的气度：有诱惑力，标致，好强又撩人。当模特时，她专注、坚定、桀骜又热情，是个野丫头。雷诺阿在1883年以她为模特，画了一幅舞蹈画，之后便一发不可收拾。两年后，雷诺阿画了她梳理自己头发的画像，又两年，一幅胸像，还给了她一句评语：

"雄心万丈。"

那个时代的模特，大多会成为画家的情人或妻子。莫奈的妻子卡米耶如是，马奈的情人苏珊如是。但玛丽·瓦拉东——德加给了她一个艺名苏珊娜——不那么简单。传闻她与所有为她画像的画家多少都有些情缘，但她从未依附于任何人。她与德加是好朋友，但是平等的朋友。

她在花圈店与马戏团工作时，一直在画些器物、肖像、风景与花朵。十八岁到二十八岁期间,给诸位印象派名家当模特与情人时,她并没忘了兼收并蓄,从诸位大师那里学东西。这十年间,她成了一个才华横溢的素描家。她在画裸体女像方面尤其擅长,这事颇让人震惊:因为 19 世纪,女人做裸体女模依然算伤风败俗,女画家画裸体女像更是罕见——虽然她们有这样的先天优势,但大多放不开。

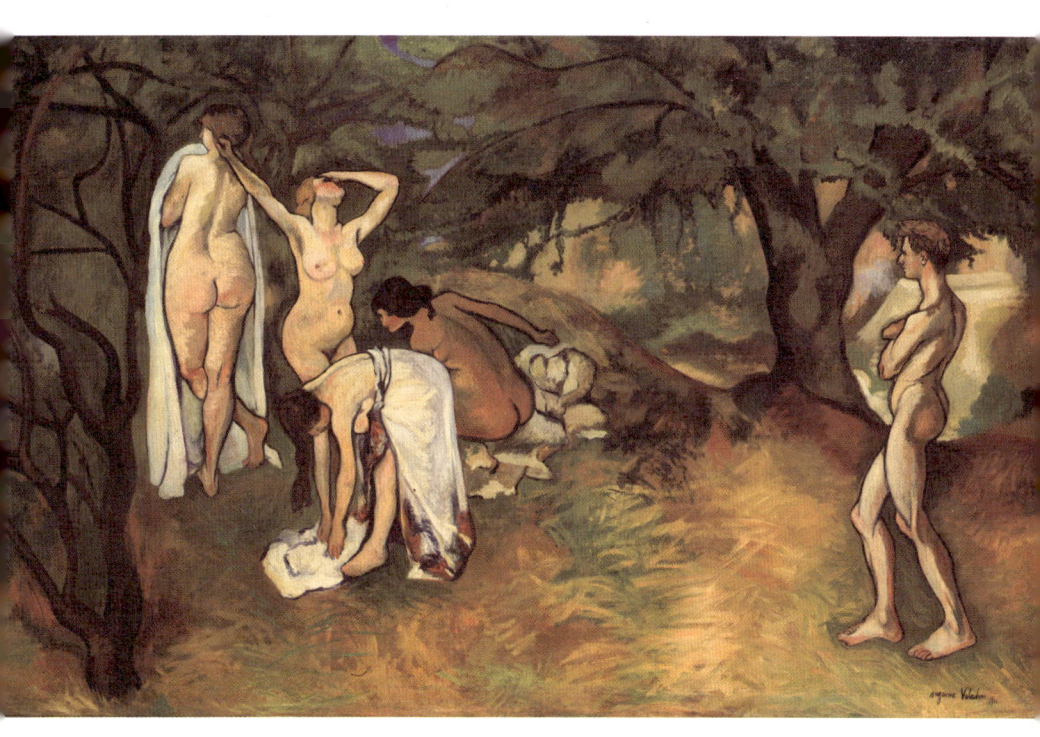

苏珊娜·瓦拉东:《生活的乐趣》

二十七岁那年，瓦拉东开始尝试创作油画。两年后，她的画被选入国家沙龙。她成为法国历史上第一位被官方美术协会承认的女画家。德加，她终身的好朋友，成了第一位买她作品的收藏者，还教了她版画技法。四十四岁，她画出了大型油画《亚当与夏娃》，两年后画了《生活的乐趣》，主题全都有关于男人对女性的渴望。

她结了两次婚，分别嫁给了保罗·穆西斯与安德烈·尤特，两段婚姻都持续了差不多二十年，然后离了。第二任丈夫为她儿子帮忙不少，于是她的儿子，那位莫里斯·郁特里罗成了著名画家，当然那是另一个故事了。

直到她以七十二岁高龄逝世时，苏珊娜·瓦拉东，曾经的模特玛利亚，曾经的帽店小妹、蔬菜贩子、马戏团小姑娘、花圈店打工妹、饭店服务生玛丽，曾经萨蒂的情人，曾经的穆西斯夫人和尤特夫人，都还是一个独立的女人。雷诺阿说她雄心万丈，而她做的，其实也不过是独立，从头至尾的独立。她曾是个模特，但最后成了画家。她不避讳那些情缘，还将它们当成了画作的灵感。男人对女人的情欲是许多女模特想躲避的，她却使之任自己操纵。她没有父亲，她的孩子没有父亲，她始终以一个女性身份独往独来。她的一生不缺少男性，但从来没有一个男性作为主导角色。

"雄心万丈。"到最后，她确实将自己做成了一个纯粹彻底的女人。

为你而写的幻想曲

1814年,十四岁的亨利耶塔·康斯坦斯·斯密森在都柏林的乌鸦街剧场首次登台。三年后,她在伦敦演出。她那担当剧场经理的父亲相信女儿的美貌,然而美貌并不一定兑现为成功。直到二十七岁这个不尴不尬的年纪,她在英国都不算成功,于是决定去巴黎碰碰运气。那会儿,大家都说巴黎人浮华:任何一个意大利人或英国人去那里演歌剧都能成功。

她去了巴黎,1827年在奥戴翁剧场,她扮演朱丽叶,随后是《哈姆雷特》中的奥菲利亚。散场后,她收到了一封情书,两封情书,三封情书,然后是许多封,都来自一个小她三岁的少年。她吓坏了,觉得自己可能遇上了个精神病。

五年之后,她三十二岁,再次来到巴黎。有人给她寄来一箱子门票,请她去听一场音乐会。她按捺不住好奇心去了。这是场《幻想交响曲》的专门演出。她走进舞台的包厢,发现全场都在抬头看她，耳语谈论她。她觉得诧异惶惑，她发现节目单上写着她的名字。她注意到指挥席旁坐着作曲家，小她三岁的法国人赫克托耳·柏辽兹。

然后她明白这是谁了。

五年前，小斯密森三岁的赫克托耳·柏辽兹，还是个籍籍无名的作曲家。他拒绝按父亲的吩咐学医，转而学习音乐，唱歌、奏乐、写音乐评论挣点闲钱。他在奥戴翁剧场对斯密森一见钟情，于是每天捧场，拼命写情书，还私自举办了一场"为斯密森小姐而办的音乐会"，因为她没到场而倍感落寞——完全忽视了斯密森并不知道此事，也并不认识他。

1830年，即柏辽兹初见斯密森三年后，他得到罗马大奖，在音乐上有所成就。也就是那年，他写了《幻想交响曲》。他如此说道：

> 一个年轻音乐家，在具有病态的敏感和炽热的想象里，在一阵失恋的绝望心情下抽鸦片自杀。药力太弱未能致命，他陷入昏睡与幻景中，他的感觉、情感与记忆在他生病的脑子里变成了音乐形象和思想。他的情人对他而言，成了一首时时萦绕在他身边的主题。

这就是他的意图：他为她动情；他为她自尽，未遂，写出了《幻想交响曲》；他请她来听音乐会，用一场为她而策划的演出来表白。斯密森感受到了,她被震惊了。

一年后他们结婚了,两年后他们有了孩子。到此为止,这像是个动人的故事……不是吗?

问题是:

众所周知,柏辽兹可能是法国历史上最伟大的音乐家,只有德彪西、圣桑、拉威尔能与他相比;但与此同时,他是个浪漫主义者。他、雨果与德拉克洛瓦是代表了法国浪漫主义的三巨头,但浪漫主义的背后,是他极端的夸张,以及对语言叙述的迷恋。他如此喜爱华丽悬式,以至于他的《配器法》一书被公认为最华丽的音乐著作之一,而他的自传回忆录可能是最不靠谱的音乐家自传。他不能接受莫扎特在哀怨的歌剧剧情里配上欢乐的曲谱;他自己情感泛滥到让门德尔松一边承认"柏辽兹是个有教养的可亲君子",一边哀叹"他乐曲写得很糟";更进一步,"柏辽兹喜欢用音乐讲故事",他喜欢把一切文学素材纳入音乐中,他是配乐大师,但同时也设想过450个人的管弦乐团和350人的合唱队。只要想一想:他会把一个单相思故事搞成带自杀情节的交响乐,然后请女主角到场聆听——

这样浪漫到偏激的性格,会导致怎样的感情呢?

结果就是:柏辽兹与斯密森的爱情很不完满。许多外界传闻说斯密森肯嫁给柏辽兹,是因为三十三岁的她也确实过了巅峰期,欠着债,希望有个归宿。结婚七年后,他们的感情崩溃了,柏辽兹很浪漫地与玛丽·蕾西奥交好。斯密森与柏辽兹分居。当然，柏辽兹是个好人，始终支持着她，忍耐着她晚年的酗酒。1854年，在他们初次相遇二十七年、结婚二十一年、分居十四年后，斯密森逝世。柏辽兹很好地安葬了她，然后娶了蕾西奥——当然，他的第二次婚姻也不算成功。

时至今日，他为她所写的《幻想交响曲》，依然是柏辽兹自己，乃至法国音乐史上的杰作之一，虽然许多人都相信，柏辽兹与其说是在描述斯密森，不如说是在描述自己的想象。在最后一个乐章的标题里，柏辽兹用华丽的文笔写道：

> 他看到自己在女巫的安息日夜会上，一群为他葬礼而来的幽灵将他围住，令人毛骨悚然的声音……是她来参加地狱的狂欢……她参加了魔鬼的舞蹈……

他总是想象斯密森给他带来的美丽爱情是个幻觉，是魔鬼的舞蹈。然而瓦格纳却在给李斯特的信里，如此讨论柏辽兹：

> 这个不幸的人是多么孤独。世界令人惊奇地把他引入歧途，使他与自己疏远，让他不自觉地自我伤害。

也许斯密森从来没伤害过柏辽兹，一切都是他的浪漫给自己带来的幻觉。可是谁知道呢？

回到那个著名的浪漫夜晚,即柏辽兹为斯密森安排的惊喜夜晚,斯密森被震惊了,只能反复说"我希望他忘了我"。那就是他们感情最辉煌的瞬间,之前之后的一切悲伤,都仿佛是为那一刻存在的——这就是浪漫主义。

乔治·克林特所绘的斯密森画像

殉梦者菲茨杰拉德

"你觉得你是哪个婊子?"四十一岁的弗朗西斯·斯科特·菲茨杰拉德醉醺醺地对他身旁三十九岁的杰内瓦·金说。

(按照当事人的回忆,原话是 Which bitch do you think you are,你也可以理解为,"你他妈以为自己是谁?"但鉴于当时的语境……)

那是 1937 年。前一年,菲茨杰拉德刚把妻子泽尔达送进北卡的高地医院。十二年前他已经出版了著名的《了不起的盖茨比》,此时在好莱坞燃烧自己,每周挣一千美金,有了双下巴,而且想法子戒他永远没戒成的酒瘾,离他死还有三年。他对杰内瓦吐出这句话,只因为杰内瓦问了他一句:

你小说里的女主角,哪个是按我塑造的?

他有多恨她,才会这样,在会面之初就大量饮酒、口吐粗话,让杰内瓦后来说"我为菲茨杰拉德的堕落而难过"?天晓

得。然而关于这次会面,菲茨杰拉德给自己女儿斯科蒂的信里这么写:

> 她是我第一个爱过的女孩儿,我如此坚定地避免见到她——直到这一刻——就是为了保持那幅完美画面。

在《了不起的盖茨比》第五章,盖茨比重新见到黛西,紧张、狼狈、做作,还撞到了钟,只会说些"我们以前见过"一类的套话。他只来得及说出"到十一月整整五年没见了",来展示他的爱情。2013版电影里,从头到尾闲雅自在的莱昂纳多,只在那一个场面,表现得狼狈不堪,满头满脚往下滴水。

原文第五章:

> There must have been moments even that afternoon when Daisy tumbled short of his dreams—not through her own fault but because of the colossal vitality of his illusion. It had gone beyond her, beyond everything. He had thrown himself into it with a creative passion, adding to it all the time, decking it out with every bright feather that drifted his way. No amount of fire or freshness can challenge what a man will store up in his ghostly heart.

（甚至在那天下午，也一定有过若干时刻，黛西远不如他的梦想——并非她的过错，而是由于他的幻梦有巨大的活力。他的幻梦超越了她，超越了一切。他以一种创造性的狂热，将自己投入这个幻梦之中，不断添枝加叶，用一路飘来的每根绚丽羽毛加以缀饰。再多的激情或活力都赶不上一个人在情思萦绕的内心所累计的感受。）

"Ghostly"这个词传神但难以翻译。这是一种幽魂缭绕、经久不散的情思。2013版电影主题歌《Young and beautiful》得到过类似的评价，"好像有个人不断在你耳边下咒"。这种感情永久缭绕，恍若幽灵。你可以说：这一切，都是因为盖茨比——就像菲茨杰拉德保护杰内瓦的印象似的——把黛西的完美画面，保持得太好了。

1896年，菲茨杰拉德生在美国中西部明尼苏达，一个中产阶级天主教家庭。十二岁之前，他在布法罗度过。十三岁，他爹的家具生意毁了，而他第一次发表作品——在校报上。十七岁，他想法子进了普林斯顿大学读书，梦想当个小说家。十九岁上，他遇到了小他两岁多的杰内瓦·金。1915年2月，认识菲茨杰拉德一个月的杰内瓦·金在日记里写：

"斯科特是完美的情人。"下一个月写，"我疯狂地爱上了他。"

他们通信，一直到 1916 年秋天。菲茨杰拉德去拜访了杰内瓦，然后，作为一个破产家具商的儿子，他挨了杰内瓦老爸——一个股票经纪人、建筑大亨的儿子——这么一句话的打击：

"穷人家男孩子，从来就不该动念头娶富家女孩子。"

他们分手了——虽然实际上，除了写写信，也没怎么在一起。菲茨杰拉德要求杰内瓦毁掉所有的信，杰内瓦照办了。而杰内瓦的信，被菲茨杰拉德锁好藏起。那些信里的词句很端庄，一如杰内瓦的女儿后来所说：

"她没真正爱过菲茨杰拉德，她喜欢他，说他很聪明，很诙谐机智。"

但在日记里，杰内瓦要奔放得多。她说她爱菲茨杰拉德。她 1916 年写了篇小说，描述一个女人出嫁后思念意中人的故事，意中人叫作斯科特。很多年后，菲茨杰拉德结婚时，杰内瓦给他写信，祝他成功，还邀他来探访一下——当然他没能成行。但这些，菲茨杰拉德似乎并不知道。

他失恋了，去参了军，准备去欧洲打第一次世界大战。他怕死在战场上，再也没机会抖擞他的才情，于是在参军前，写了他第一个小说《浪漫的自我主义者》，当然被拒绝出版了。那是 1917 年的事。1918 年菲茨杰拉德遇到小他四岁的泽尔达，后来他回忆，"9 月 7 日我爱上了她"。

泽尔达是典型的美国南方姑娘，生在 1900 年。十六岁时就是学校的舞会皇后，集万千宠爱于一身。她高中毕业照上题了段话，极见性情，甚至预示她之后的命运：

Why should all life be work, when we all can borrow. Let's think only of today, and not worry about tomorrow.

（当我们能借到一切时，为何要工作终日？让我们只想今日，不要为明日担忧。）

他们的感情（就像盖茨比和黛西似的）被战争打断，1918年10月，菲茨杰拉德要被派去法国，先被送到纽约长岛。在那里，他听说德国人投降了，战争结束了。1919年情人节，菲茨杰拉德退伍，到了纽约。他搬到曼哈顿西侧一个单身公寓里，以便看得见泽尔达的家；他一边向泽尔达求婚，一边为一家广告公司打工。泽尔达答应了他的求婚——当然，她还信口答应过许多人的求婚。然后，泽尔达做了件她自己常做，但对菲茨杰拉德来说影响深远的事：她悔婚了。菲茨杰拉德在天堂门口，被打进地狱。

菲茨杰拉德从天堂般的纽约回到中西部的明尼苏达，穷困到必须去洗汽车。那年他二十二岁，在如此的绝望之中，他翻出了《浪漫的自我主义者》，开始扩写。1919年9月，他完成了《天堂的这一边》——这个小说描述了一个中西部青年，如何热爱一个姑娘（以杰内瓦为原型）但被弃；如何参军；如何又

1921年菲茨杰拉德与泽尔达的合影

爱上一个纽约富家千金（泽尔达），但因为穷困，只能坐看该千金嫁了旁人。小说结尾是一段自嘲："我了解我自己，但也就如此了。"11月，小说尚在制作时，菲茨杰拉德恳求编辑："能不能加速出版？我的命运寄托在这本书的成功上——当然包括一个女孩子！"

1920年春天，小说出版，立刻畅销，首印三千册三天内卖完，一年内销售十二版近五万册。泽尔达回心转意，嫁了菲茨杰拉德，组成了金童玉女：那是1920年4月3日。又三年后，夫妻俩去了巴黎。

关于他们在巴黎的生活，海明威在《流动的圣节》里提到两个可怕的细节：其一，菲茨杰拉德每次企图写作时，泽尔达就拉起他到处灯红酒绿、连夜痛饮，不让他得丝毫安生；其二，泽尔达欺骗了菲茨杰拉德，让他相信自己性功能有碍，换别的女人，根本不要他。菲茨杰拉德信以为真。海明威最后总结，泽尔达有疯狂的独占欲：

"兀鹰不愿分食。"

当然，海明威的言论，可能出于他对泽尔达的厌恶。实际上，泽尔达背地里也嫌他长胸毛，嫌他冒充男子汉，还认为菲茨杰拉德和海明威是同性恋伴侣——为了澄清这事，菲茨杰拉德甚至打算去找个妓女睡一晚，验证"我是纯爷们儿"。

1925年，《了不起的盖茨比》出版，一举奠定菲茨杰拉德的伟大地位。海明威说他初见菲茨杰拉德时印象不好，但读完

《了不起的盖茨比》后,他觉得"能写出这样小说的人就是个了不起的家伙"——考虑到海明威的刁钻口味和傲慢个性,这评价华丽透了。但菲茨杰拉德写作《了不起的盖茨比》时,泽尔达除了"兀鹰不愿分食"地搅扰他,还自顾自跑去海滩游泳、舞会欢闹。最后她认识了一个飞行员,跑回来跟菲少爷要求离婚——奇妙的是,那男人还蒙在鼓里,全然不知道泽尔达会为了他闹离婚。

泽尔达跟菲少爷闹离婚这事平息后没过多久,《了不起的盖茨比》出版了。菲少爷原本想的书名有:"长岛的特立马乔""特立马乔或盖茨比""金帽盖茨比""高跳爱人"。最后,泽尔达一锤定音,决定了"了不起的盖茨比"这个书名。

很多年后,杰内瓦问菲茨杰拉德:

你小说里的女主角,哪个是按我塑造的?

许多学者相信:杰内瓦就是黛西。她是菲茨杰拉德(盖茨比)的初恋;她是菲茨杰拉德(盖茨比)攀折不到的那朵玫瑰;她嫁了人,给了菲茨杰拉德(盖茨比)第一个挫折……

但是,看一下菲茨杰拉德的其他小说:

在《最后一个南方女郎》里,菲茨杰拉德写了男主角在军营里所见的一个南方姑娘,美丽、善变,始终没接受男主角的求婚。女主角小男主角四岁——这是菲茨杰拉德和泽尔达的年龄差距。菲茨杰拉德大杰内瓦两岁。

在《一颗里兹饭店那么大的钻石》里,男主角见到了一颗山那样庞大的钻石,以及一个神秘富豪家族,而且与那里的美女结缘。但灾难随后到来,钻石被毁,逃生出来的男主角忽然间失去了璀璨夺目的珠宝,两手空空。

在《松包蛋》里,依然是流金溢彩的南方。在一个欢闹的夜晚,男主角仰慕的女主角赌输了,"松包蛋"男主角手气好,帮她赢回了钱,女主角拥吻了男主角,向他示爱;可是第二天,他就听说,女主角完婚了。"3点的街头很热,4点就更热了。4月的尘埃网住太阳,又将它释放出来,简直就是一个下午永远在开的玩笑。"

在《伯尼斯剪头发》里,菲茨杰拉德描写伯尼斯这姑娘如何试图打入社交圈,如何被骗剪了头发,如何以牙还牙。

在《头和肩》里,男主角是个书生,女主角是个活力四射的演员。这两位走进彼此的生活,彼此交织,最后男主角变成了运动专家,而女主角成了出色的写手。

在《冬天的梦》里,一个中产阶级男生陪富豪们打高尔夫,遇到从前旧识的一位美女。男生后来和一位邻家女孩订了婚,此时美女再现,让男生放弃了自己的婚约,然后再甩掉男生。男生去参加了一战,七年之后,成了纽约呼风唤雨的商人。他听说当年那位美女成了家庭妇女,美貌褪色。于是男生意识到,"我的梦想已经远去,我再也无法回归。"

《夜色温柔》的内容过于有名,不赘述。

在这些小说里,女主角有一个共性:她们美丽,如梦似幻,高不可攀,同时任性自私到近乎残忍的地步。男主角们永远带着中西部男孩们的腼腆,只能任由璀璨明亮的女主角给他们展示全新的黄金世界,然后被无常的命运折磨。他们总是很接近幸福,然后不知不觉间,又被当作玩物放弃了。

众所周知,《了不起的盖茨比》写了一个痴情,或者说痴于梦想的盖茨比,为了寻回那个美丽但骄纵的女主角黛西,在长岛造起了唯有梦境可以想象的不朽舞台,但最后还是悲剧结尾。在那著名的海滩独白上,菲茨杰拉德感受到命运如灯,会不断勾引人去追逐,却日益远去。你可以读出,他对笔下的盖茨比,以及那个逐渐流失的黄金时代,充满了叹惋之感。《了不起的盖茨比》开头,有这么一段著名的题词:

Then wear the gold hat, if that will move her;
If you can bounce high, bounce for her too,
Till she cry "Lover, gold-hatted, high-bouncing lover,
I must have you!"
(那就戴顶金帽子,如果能打动她的心;
如果你能跳得高,就为她也跳一遭,
直到她喊:"郎君,戴金帽跳得高的郎君,
我一定得拥有你!")

小说结尾的著名独白：

And as I sat there brooding on the old, unknown world, I thought of Gatsby's wonder when he first picked out the green light at the end of Daisy's dock. He had come a long way to this blue lawn and his dream must have seemed so close that he could hardly fail to grasp it. He did not know that it was already behind him, somewhere back in that vast obscurity beyond the city, where the dark fields of the republic rolled on under the night.

  Gatsby believed in the green light, the orgastic future that year by year recedes before us. It eluded us then, but that's no matter—tomorrow we will run faster, stretch out our arms farther.... And one fine morning.... So we beat on, boats against the current, borne back ceaselessly into the past.

  （当我坐在那里缅怀那个古老的、未知的世界时，我想到了盖茨比第一次认出了黛西家码头尽处那盏绿灯时的惊奇。他远道而来，来至这片蓝色的草坪上，他的梦一定像是近在指端，不可能会失手。他不知道那个梦已经丢在他背后了，丢在这个城市那边那一片无垠的混沌之中、合众国的黑黝黝的田野在夜色中向前伸展的某个所在了。

　　盖茨比信奉这盏绿灯,这个一年年在我们眼前渐渐远去的、纸醉金迷的未来。它从前滑脱了我们的追求,不过没关系——明天我们会跑得更快些,把胳臂伸得更远些……总有一个晴朗的早晨……于是我们奋力向前划,逆流向上的小舟,不停地倒退,进入过去。)

回到盖茨比与黛西重逢的那段:

　　甚至在那天下午,也一定有过若干时刻,黛西远不如他的梦想——并非她的过错,而是由于他的幻梦有巨大的活力。他的幻梦超越了她,超越了一切。他以一种创造性的狂热,将自己投入这个幻梦之中,不断添枝加叶,用一路飘来的每根绚丽羽毛加以缀饰。再多的激情或活力都赶不上一个人在情思萦绕的内心所累计的感受。

这更像是一个关于梦想的、虚幻缥缈的故事。
　　所以,当盖茨比没遇见黛西时,她不是一个具体的人。她不是杰内瓦,也不是泽尔达,而是两个曾经拒绝菲茨杰拉德、使他跌入地狱的女人合体而成的幻象。她是菲茨杰拉德这个盖茨比，以一种创造性的狂热，将自己投入这个幻梦之中，不断添枝加叶，用一路飘来的每根绚丽羽毛，缀饰起来的一个梦。她是财富，是美丽，是爱情，是那盏绿灯，那"一年年在我们眼前渐渐远去的纸醉金迷的未来"，以及美国梦本身——"只要你努力，只要你像盖茨比那样不懈追求，最后你总会得到这一切"。比真正得到更明确的，是一个稳定的台阶，是一个"只要我们这么做，一定会成功"的公式。

而当盖茨比与黛西相遇之后，那个损毁一切的黛西更像是泽尔达。杰内瓦更多代表了"穷男孩别打富家千金的主意"这个残忍事实，而泽尔达给了菲茨杰拉德更多：狂喜、哀伤、天堂到地狱的落差。杰内瓦代表着一个无瑕的梦想，泽尔达则带给菲茨杰拉德许多更残忍的东西：她会悔婚，她会玩弄一个人的悲喜，她会让他的梦想破灭。

《了不起的盖茨比》最后一章这么写：

> They were careless people, Tom and Daisy—they smashed up things and creatures and then retreated back into their money or their vast carelessness or whatever it was that kept them together, and let other people clean up the mess they had made.
>
> （他们是粗率冷漠的人，汤姆和黛西——他们毁坏事物，然后缩回他们的钱，或者他们的麻木不仁，

或者其他什么使他们在一起的东西里头,让其他人帮他们收拾残局。)

菲茨杰拉德自己,作为作者,对黛西的描写温柔又无情,这可以算作"杰内瓦不是黛西"的最后一个证据:在1937年见面之前,菲茨杰拉德始终保有杰内瓦的无瑕形象。他始终不见她,就是为了"保持那幅完美画面"。1937年那次会面,令他们彼此失望,但那其实不是意外。那时他们都老了,也变了。他们像盖茨比和黛西,还以为彼此是绿灯,但其实,"那个梦已经丢在他背后了"。

又或者,他其实什么都知道。你可以天真地想"菲茨杰拉德还是很痴情的,所以他一定是把初恋杰内瓦当作黛西来写",但实际上,在写作《了不起的盖茨比》时,菲茨杰拉德已经不那么天真而痴心了。他内心深处,一定明白自己终将像盖茨比一样被损毁,这部小说简直完美预言了他的未来。甚至小说里,盖茨比自己在死之前,可能也已经明白,他所等待的,只是一场幻觉,但他还是得继续等下去。

原文第八章:

> I have an idea that Gatsby himself didn't believe it would come and perhaps he no longer cared. If that was true he must have felt that he had lost the old warm world,

1937年的菲茨杰拉德，卡尔·范·韦克滕摄

paid a high price for living too long with a single dream.

（我有个想法：盖茨比自己并不相信会有电话来的，而且他也许已经无所谓了。因为倘若如此，他一定会觉得，他已经失去了那个温暖的旧世界，他为了生活在一个梦中太久而付出了太多代价。）

"你觉得你是哪个婊子？"

黛西是菲茨杰拉德的所有女性形象，又全都不是。盖茨比了解一个梦境的虚幻，却依然以无限热情，将自己殒身不恤地投进去，而终于殉梦而死。菲茨杰拉德写了这样一个人，然后加上"了不起"的形容词，再将之杀死，顺便亲手给黛西定下了负面基调。但到小说写完整整十二年后，他还保留着心目中的杰内瓦，"她是我第一个爱过的女孩儿，我如此坚定地避免见到她——直到这一刻——就是为了保持那幅完美画面。"

初恋爱好者当然可以相信，杰内瓦就是黛西；但只要查考细节，对照小说，就会明白：杰内瓦是最初的、未被把握住的梦，她和泽尔达一起，构成那个令盖茨比（或者菲茨杰拉德自己）念念不忘、再未谋面的黛西；而泽尔达则是那个让梦璀璨夺目，然后把一切——连梦想带盖茨比自己——损毁的黛西。最初，这个姑娘只是爱情的象征。然后，随着时光的流逝，这段爱情开始意味着一切：梦想、成功、人生的目标、纸醉金迷的未来。

之所以这段爱情和这个梦想的破灭，可以在一个世纪里让整个世界的人喟叹，是因为这小说构造了人类最古老、最天真、最直接又最纯粹的梦想，无限热情地拥抱、放大、膨胀到不真实，最后"眼看他起高楼，眼看他宴宾客，眼看他楼塌了"的一路幻灭过程，以及背后那个男主角（也就是作者自己）：那个可能早已洞悉这一切秘密，知道了解梦境的美丽与空虚，但依然以身殉梦的人。

雅姆·蒂索和凯特琳·牛顿

19世纪中期后,欧洲商业大肆发展,巴黎女子们的衣服,也就日益分门别类。晨服多用轻棉,裙摆可以不那么夸张;但出门见人,衣服得格外讲究。无论有没有事,小姐太太们惯例得午前出门一趟,显摆一下衣服。领子得低到露出颈来,除非颈部花边无穷;衬裙得滚三圈边儿,还得让姑娘的婀娜步态给露出来……那时节,相机和照片还来不及大规模应用,流行时尚基本靠口口相传,或是画作宣传。雅姆·蒂索顺着此风,成了当时商业最成功的画家之一:一个法国人,长居伦敦,奋笔描绘当时的英伦风尚。

以及凯特琳·牛顿。

凯特琳·牛顿,原来随父亲查尔斯·凯利的姓。查尔斯·凯利是个驻印度的英国军官,所以凯特琳在印度拉合尔长大——

雅姆·蒂索:《十月》

也就是玛格丽特·杜拉斯反复描述过的那个美丽城市——后来搬去了以泰姬陵闻名的阿格拉。1870年,她十六岁,美貌绝伦,被父亲安排,嫁了个姓牛顿的军官。在婚前,她特意跟丈夫解释了:她的美丽曾让军方一个叫帕里瑟上校的家伙垂涎,试图对她下手,未遂——她本着一个天主教徒的诚实,觉得该坦承此事,可是牛顿却要闹离婚,理由是:

"这娘们儿肯定已经被别人上手了!"

她离婚了,想回英国。帕里瑟上校愿意支付她路费,条件是凯特琳当他的情妇。凯特琳答应了。当她发现自己怀孕时,决定自己养育孩子,拒绝嫁给帕里瑟上校。1871年她回了伦敦,并在那年有了女儿。

同一年,蒂索在法国因为普法战争入伍,稍后加入了巴黎公社。当巴黎公社倒台时,他没法再待在法国,只好窜到伦敦去谋生路,给杂志画漫画、编卡通故事。他很快发现,在伦敦,一个画家最容易致富的手段是画时装美女,让那些富太太们看得高兴。1872年,他已经买得起房子了;1874年,印象派画家在巴黎开展,德加向他发出邀请,而他谢绝了。他非常理智,知道自己该干什么。

1875年,这两个失去了故乡的男女在伦敦相遇。1876年,凯特琳生了儿子,一般史家相信,蒂索是孩子他爸——证据是,生完孩子后,凯特琳就抱着一对儿女,搬进了蒂索的家。那年凯特琳二十二岁,蒂索四十岁。

凯特琳成了蒂索的模特、秘书和情人。很少有一个画家以如此饱满的爱，描述一个模特。在现有的陈迹里，你可以看到凯特琳头戴黑羽帽、披着金刘海、颈挂黑貂裘的模样——这是她最著名的打扮，出现在许多画里，她时而低垂眼帘、慵懒待人，时而在一片秋叶里提裙摆头，回眸一笑。当然，她也会坐在后院沙发和绒毯里，望着孩子微笑；也会戴着黑绒帽和红披肩，用戴着丝手套的左手支颐发呆。欧洲人被这个女人迷醉了：这个印度归来的女子，这个有爱尔兰背景（她母亲是爱尔兰人）的天主教徒，这个离过婚的未婚妈妈，这个艺术家的情人，这个如此年轻就融汇这一切传说的姑娘，这个和蒂索过着——用他自己的话说——"上天赐福的快乐"日子的女人。

但这些事情，注定不长久。

凯特琳得了肺结核，开始沉迷于鸦片。病势削弱了她的健康，但给她带来了一种奇怪的沉静和安详。1882年，她二十八岁，逝世了。她给蒂索做了六年模特。之后四年，她的棺木一直未被安葬——蒂索把她的棺木放在家里，坐在棺木旁四年之久。直到1886年，他才让自己的模特、秘书和情人入土为安。

凯特琳带走了蒂索的黄金岁月。1885年之后，几乎是时尚业指南的他，再也不画时装美女了。他转而用余生为《圣经》画插图——在和凯特琳共度的岁月里，他成了很虔诚的天主教徒。他一直在描述1875年至1882年的生活，不断赞美那是天赐之福，以及："凯特琳是我一生至爱。"

直到现在，蒂索的那些画作依然有足够的历史价值——哪怕不为其艺术价值，单为研究 19 世纪后半叶的女子穿着和风俗习惯，都已经足够不朽。但你看那些画时，无法不感受到那些东西：《一种美丽》《凯特琳·牛顿在巴黎》《牛顿夫人撑着阳伞》。你依然可以放心地把他的画当作时尚指南、历史文本。因为，很难有一个画家，对他所描绘的衣服，以及穿着衣服的女人，有类似的爱情了。

雅姆·蒂索:《在花园长椅上》

自拍魔女雷卡米尔

史上最唯美的裸女像之一《大宫女》的构图,是安格尔向他师父大卫的肖像画《雷卡米尔夫人》致敬;可是大卫当年,曾经把《雷卡米尔夫人》画一半搁下了。理由?1800 年,大卫开始画二十三岁的雷卡米尔夫人,然后得知自己被蒙了:早在先前,弗朗索瓦·杰拉德已然自告奋勇,为雷卡米尔夫人画像了。大卫出于艺术家的自尊,或者吃醋,画一半就搁下了。如今,这两幅肖像,都还在巴黎留着呢。

然而雷卡米尔夫人的像不止这两幅。1798 年,莫林为她画过一幅小鸟依人状;1807 年,玛索特为她画过一幅希腊美女像。简单说吧,她简直是 19 世纪初艺术史上的自拍魔女,到处出镜,随地留影。生怕时光抛掉了她似的。

当然,也可能出于虚荣,也可能出于寂寞。

在成为雷卡米尔夫人前,她叫珍妮·弗朗索瓦·阿黛勒·伯纳德,大家叫她珍妮。父亲让·伯纳德是国王的御前顾问,母亲玛丽·朱丽叶·玛东是当时的美人。珍妮十五岁就嫁了,在波澜壮阔的1793年,全法国都在大革命中栗栗危惧,怕自己上断头台,她却嫁了个大她二十六岁的银行家雅克·罗斯·雷卡米尔,从此成了雷卡米尔夫人。雷卡米尔先生写道:"我不爱她,但我觉得她有天分,这个有趣的生物会确保我一生欢乐……我想确认她快乐,她有这个年纪罕见的成熟,她善良,有感染力……人人都爱她。"

当一桩婚姻以"我不爱她"开始时,不难想象其中的艰涩。当然啦,她的确被所有人爱慕,是18世纪末19世纪初法国纷乱的世纪之交,巴黎社交圈的神话。王公贵族们争相到她的沙龙献媚,画家们为了争夺给她画像的资格争风吃醋。其中最赖着不走的,是浪漫主义文学第一人夏多布里昂——当然,那会儿夏多布里昂还没怎么成名。虽然也有诸如加瓦尔尼这样的艺术家,会嫌她"有底层人民的臭味",但拦不住蒙特伦西公爵、吕西安·波拿巴亲王(拿破仑的亲弟弟)、普鲁士的奥古斯都王子们争先恐后来她家朝见。

合理的推想当然是:她入幕之宾众多,所以自然是游戏花丛夜夜笙歌了。并非如此。令人诧异的细节是,她直到四十岁还是处女。一种说法是,她有奇怪的病症,无法与丈夫有夫妻之实,一尝试就痛不欲生;另一种说法则在19世纪初期很有市场:她不和丈夫同床,是因为她丈夫,雷卡米尔先生,是她的

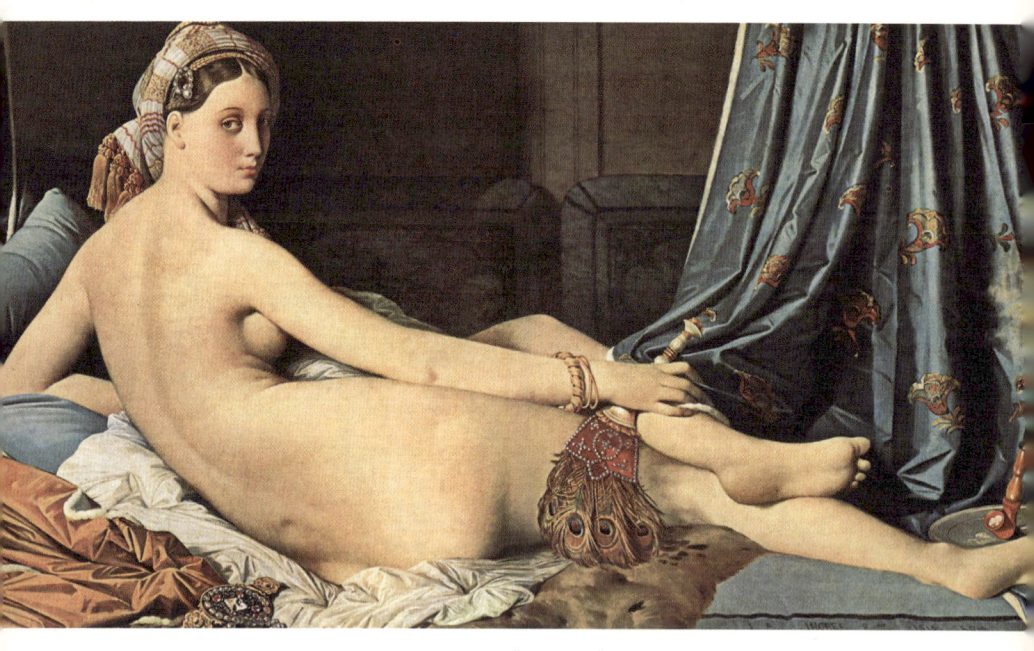

安格尔:《大宫女》

大卫:《雷卡米尔夫人》

父亲……这种说法强调：雷卡米尔先生和珍妮的母亲，美丽的玛丽·朱丽叶·玛东有一腿，有了这孩子，为了保护她，才名义上娶了她，形婚而已。

一般认为，她真正的情人，不是那些为她描绘肖像永留卢浮宫的大画家，而是夏多布里昂。大她五岁，喜爱到处流浪，当过外交官，也落魄过的夏多布里昂，那位雨果发誓"成为夏多布里昂或一事无成"的伟大作家，每天赖在她的沙龙。夏多布里昂情绪多变、霸道专横、激情洋溢，这仿佛补上了雷卡米尔夫人在婚姻里没能得到的一切，以至于到了晚年，他俩研究出一个花样。

1836年，已经六十五岁的夏多布里昂穷愁潦倒，雷卡米尔夫人就命夏多布里昂将他的自传拿来，在她的沙龙里读。等所有人都对此书翘首期盼时，雷卡米尔夫人成立了个股份公司：每个股东给夏多布里昂一笔钱，购买一些股份，将来他死后自传出版，就按股分红。

讽刺喜剧故事发生了：夏多布里昂人生最后那些年，因为雷卡米尔夫人的提议而衣食无忧，但他老是不肯死掉。雷卡米尔夫人应付着股东们，让他们耐心等着。夏多布里昂活到八十岁高寿才死去，而她也在一年后死于霍乱。就在她死去那年，夏多布里昂的《墓外回忆录》出版了。

她就这样让自己的身影遍布19世纪末20世纪初的文艺世界里，到处留下自己的画像与传奇。甚至大卫给她画的那幅肖像，都无意间留下了历史：如今在法语里，这种"可以垫脚的长沙发"，就叫作雷卡米尔——连她睡过的东西都不愿意被遗忘，必须有个名字流传后世才甘心。

弗朗索瓦·杰拉德:《雷卡米尔夫人》

奥林匹亚

1863年春天,作为官方机构的法国沙龙评审委员会,嗅到了巴黎艺术青年们的叛逆味道。噼里啪啦一阵切剁后,落选作品超过三千。外界呈请皇帝路易·拿破仑,"开个落选作品沙龙,让大家看看落选作品是何模样,如何?"皇帝恩准,于是"1863年落选者沙龙"轰轰烈烈地开展了,观者如堵,比正经沙龙画展还热闹,大家都抱着"看看那帮家伙,画了些什么淘气画儿"的心态。

结果,成全了爱德华·马奈,以及他那些后来被称为印象派的兄弟们。

马奈是地道巴黎人,父亲是内务部首席司法官,母亲是瑞典皇太子的教女,身世显赫。1856年,二十四岁的他在巴黎有了自己的工作室,开始玩一些新派花样。在落选者沙龙上,他展出了著名的《草地上的午餐》。为了此画,他让兄弟古斯塔夫·马奈、小舅子费迪南·伦霍夫一起上阵当模特，这二位少爷加一位裸女，就构成了震惊法国的图景。画的前景处，户外草地，两个全副装束的男人，一个裸女，对比之强烈令人震惊。此前看惯裸女画的评论家，到此也不免暴怒，连拿破仑三世看了都光火，大叫"淫乱"。

当然，如今我们知道，这幅画是印象派运动的先声。埃米尔·左拉如此赞颂：

"这画结构如此稳定……背景如此光鲜又如此坚实……这广阔的集合，氛围饱满……充满了自然与简洁……"

但在当时，这幅画被孤零零地攻击着。连同这幅画的裸女模特，时年十八岁的维多利亚·默朗。

默朗小马奈十二岁，出身巴黎一个铜匠家。十六岁时，她就去托马斯·库图尔的工作室当模特。1862年，她初次为马奈做模特，让马奈画了《街道歌者》。她身材娇小，一头红发，明亮夺目，马奈开玩笑，叫她"虾"。本来，她是个兼职模特，也在咖啡馆唱歌、弹吉他、拉小提琴，也教教吉他课和小提琴课。但在给马奈当过模特后，一切都改变了。

1865年，马奈的《奥林匹亚》——这幅画曾叫作《黑猫》——被沙龙选中展出，再一次让世界哗然。全裸的默朗在苍白的床单上躺着，黑人侍从与黑猫在旁。这幅画脱胎于提香《乌尔比诺的维纳斯》，一如《草地上的午餐》脱胎于拉斐尔的铜版画，但马奈有意将默朗画得苍白到呈现病态，以别于提香的古典风范。左拉认为,"马奈是特意用这个离奇的裸女,来和古典风格做斗争"。长远来看,他成功了;但在当时,被作为斗争武器的裸模默朗被牺牲掉了。她被误认为是娼妓,是马奈的情妇,她的小提琴课和吉他课都受了影响。虽然实际上,她和画家阿尔弗雷德·史蒂文斯的关系也很亲密,但世界总觉得

马奈:《草地上的午餐》

"她是马奈的女人"。

19世纪70年代,默朗不再满足于当模特。她开始学画画,学马奈所抵制的学院派风格。他们俩的关系迅速冷淡疏远,不知道是因为秉持的宗旨不同还是其他。1873年,她最后为马奈做了次模特,就此结束。一年后,莫奈们举行了第一次印象派

马奈:《奥林匹亚》

画展，印象派时代开始。

又两年后，1876年，三十二岁的默朗拿出了作品《19世纪的纽伦堡小资产阶级》，入选了沙龙，与马奈的作品挂在同一个展览室里。讽刺的是，这一年马奈的作品落选了。

这是第一次，她不再是马奈的模特，而是与他并驾齐驱的画家了。又三年后，她入选了法国艺术家学会，她的艺术天分获得了承认。她从一个成就了印象派开端的模特，变成了古典时代最后一个女画家。

然后，她又开始做模特了。

为了支持年轻画家，她允许劳特雷克等年轻画家画她。微妙的是：劳特雷克走到哪里，都一直这么称呼她——"奥林匹亚"。在艺术家聚会的所在，说到"画家维多利亚·默朗"，大家总会愣一愣，但是说到"奥林匹亚"，所有人便回过头来。

虽然那也许并非她乐意，虽然她也确实摆脱了这个形象，与马奈并肩而立。但她的身体，毕竟是一个时代的图腾。

巴拉圭的女王

二十二岁那年，艾丽萨·林奇抛弃丈夫，跟另一个男人离开巴黎，去了巴拉圭。十五年后，她跟的男人死掉了，她自己带着群孩子回到巴黎，又十五年后，她在此死去。

在一个典型的19世纪巴黎人眼里，这是一个失败情妇的故事。

但没那么简单。

艾丽萨·林奇是个爱尔兰女人，金发，执拗，微笑撩人。十八岁那年，她嫁给了法国军官夏维尔·加特法吉。老公不久后去了阿尔及利亚，她留在巴黎宫廷，当了高级艺妓。二十二岁，她遇到了大她六岁的巴拉圭人，弗朗西斯科·索拉诺·洛佩斯将军。何以一个二十八岁的青年就能当将军呢？答：他是卡洛斯·安东尼奥·洛佩斯——巴拉圭独裁者——的儿子，巴拉圭的太子。一年后他俩有了第一个孩子：胡安·弗朗西斯科·潘奇托·洛佩斯。她跟他去巴拉圭自然顺理成章。在巴黎社交圈,这种事也不算稀奇:一个美貌情妇跟了个南美王族,现在回去享福了,多好。她离开巴黎后,军官老公加特法吉自己另外结婚,那意思:"反正你也不会回来了,我另娶个呗。"

然而出于某些神奇的原因,艾丽萨·林奇和她那位洛佩斯将军一直未婚。她是他的情妇,为他生孩子,随他四处奔走,却从未成婚。但这并不妨碍全巴拉圭人称呼她夫人。她到巴拉圭五年后,老洛佩斯总统逝世,洛佩斯将军升任总统,她成了巴拉圭的女王,第一夫人。所有人都称她第一夫人,虽然她从没跟洛佩斯结婚。

一般认为,她永久性地改变了巴拉圭。她去之前,巴拉圭是个南美内陆国家,没有海岸线,没见过世面。她带去了巴黎风尚,带去了服装、音乐与饮食,她让南美各国大使显得像没见过世面的土鳖。

然后,1864年,巴拉圭战争开始了。

众所周知,1864至1870年,阿根廷、巴西和乌拉圭人集合大军二十万,泰山压顶般攻击巴拉圭。小洛佩斯奔走作战,强撑六年。这一战惨烈无比,《巴拉圭简史》说,战前巴拉圭人口超过52万,战后第一年22万,其中成年男性剩不到3万。这场战争中,巴拉圭时尚、音乐与美的象征艾丽萨·林奇没闲着:她随着情人总统奔走四方,组织妇女医疗队,号召抵抗。直到1870年3月1日,小洛佩斯总统战死,巴拉圭战败。

艾丽萨·林奇，约摄于 1855 年

洛佩斯总统战死后，巴西军队逼迫潘奇托——十五岁的潘奇托，艾丽萨和洛佩斯的大儿子——投降。他回答"一个巴拉圭军官永不投降"，立遭杀害。此时，艾丽萨·林奇跳了起来，用她那双倔强的爱尔兰眼眸，盯着巴西联军，怒吼道：

"这就是你们允诺过要建立的文明自由的国家吗？！"

然后，在被捉走前，她争取到了这么个机会：她蹲下来，徒手挖坑。我们不知道她如何做到的，总之，她亲手在鲜血浸染的大地上挖出了墓穴，将洛佩斯和她的儿子葬了。

这就是她的故事。一个并没有结婚典礼的第一夫人。一个在西半球经历了荣耀、战争、丧夫、丧子后，回到东半球的巴黎情妇。一个在她逝世百年后，得到巴拉圭承认的国家英雄，确切地说，一个从未得到冠冕的巴拉圭女王。

劳伦斯与他的母亲

2015年秋天,我开始翻译《查特莱夫人的情人》。然后,注意到了一些有趣的细节。

众所周知,1928年,D.H.劳伦斯去世前两年,出版了《查特莱夫人的情人》,他最后一本大部头小说。小说最初在佛罗伦萨杜丽印刷,1960年才得以在英国公开发行——那是劳伦斯逝世三十年后的事了。至于此前此后,被禁被删改引发的轩然大波,足够另外写一本比小说更长的论述。仅仅在美国,《查特莱夫人的情人》一经出版便被誉为"一场性运动革命"。这本禁书,一言以蔽之,不难:

年轻、受过教育、乡绅家庭出身的女主角康妮,因为贵族煤矿实业家丈夫克利福德瘫痪阳痿,且矫揉造作自以为是;因为煤矿周遭的环境沉郁破碎,于是与丈夫的猎场看守、参加过一战的退伍军人梅洛斯成了情人,同居并图谋提出离婚。

小说的主视角是女主角康妮。她在偷情、自立、要求离婚的过程中，从肉欲到精神，逐渐醒转；在男欢女爱之中，找到了久已被机械文明压制的自己。与此同时，小说里，劳伦斯周而复始地借着猎场看守之口，强调以下理念：一战的阴影，机械文明吞噬英格兰大地的噪音，被煤矿生活异化得仿佛鬼魅的普通人。

终于，在漫长的对决后，瘫痪后满脑子利益的克利福德与质朴的猎场看守，机械文明与自然主义，精神至上与狂野肉欲，康妮选择了后者。

许多读者，是冲着"禁书"字样来的。著名的性爱场景，奔放的肉欲，偷情的妻子——听起来很刺激。这大概也是同时代英国人的观感。然后，也许从书里能多读出一点，康妮找情人这事，被劳伦斯赋予了形而上的意义：自然与内心 VS 机械文明……

但是……稍微想多一点：

1885 年，D.H. 劳伦斯生在诺丁汉一个矿工家庭，母亲莉迪亚是个女工，此前当过老师。父母关系并不算好，一如他的成长环境：噪音、幽暗、肮脏、机械，英格兰的群山、森林与荒野。

1910 年，他二十五岁，出版了自己的处女作小说《白孔雀》，同年他母亲逝世。有传说他亲手将安眠药递给母亲，以成全那可怜妇女的安乐死。此后，这个女人一直活在他的小说里。

画家康斯特布尔笔下的 19 世纪英国乡村风景

《儿子与情人》《虹》《恋爱中的女人》，到处可见他母亲的痕迹。他那部带有自传体色彩的小说《儿子与情人》中，莫雷尔夫人的死去成为主角人生的转折点，这不妨视为劳伦斯的自况。

1911年，劳伦斯着手写他第二部小说《侵入者》，小说题材来自劳伦斯的朋友海伦·科克，描述她与一个已婚男人惨烈的爱情故事。这是他对婚外情题材感兴趣的开始。

1912年3月，劳伦斯遇到了他未来的妻子，大他六岁的弗里达·维克利。弗里达本是劳伦斯的现代英语教授恩斯特·维克利的妻子，她与劳伦斯私奔逃去德国。1914年，弗里达得以与丈夫离婚，1914年7月13日，弗里达与劳伦斯正式结婚。

不难发现，劳伦斯人生中的许多印记，都在《查特莱夫人的情人》里闪现：煤矿工人家庭，温婉有学识的母亲，拐带一个知识分子家庭的女人私奔，等候离婚……

在小说中，康妮觉醒的肉欲，带有一种母性的温柔，她对世界略带懵懂，在山林天风的呼啸中，找回自己的血气与灵魂。

——我们不妨理解为，这是他怀念母亲的方式。

某种程度上，他的母亲、康妮与英格兰大地，在小说里被他一体化了。而康妮的故事——找情人，等待与前夫离婚——又是劳伦斯自己的经历。如果细想，便会发现，劳伦斯一辈子都在试图以某种方式拯救自己的母亲，即便在小说里亦然——用爱，将她拯救出噪音、幽暗、肮脏、机械的煤矿家庭。母亲是他的缪斯，终生不易。

叫作韦罗妮可的包法利夫人

韦罗妮可·德尔芬·库图丽尔这个法国姑娘，1822年2月生在法国最北的滨海塞纳省，大西洋边上。十七岁那年的秋天，她嫁给了一个鲁昂乡村医生欧仁·德拉马尔，先生大她十岁，以前正经学过医。婚后，他们俩在鲁昂附近的利村过着平淡无奇的日子。1848年，《鲁昂报》登了韦罗妮可的讣告：她死于二十六岁。那年秋天，她的丈夫也过世了。

听上去，像个平淡无奇的悲情故事？

但当地人都说，韦罗妮可死得没那么简单。她是自尽的，用了氢氰酸。

在至今流传下来的，约瑟夫·库尔特为她作的唯一一幅二十二岁肖像画里能看出来，她着实是个美人。这样的美人，在鲁昂乡村里活着，自然不快活。据说她因为婚后寂寞，心思活络，情人颇多，债台高筑，无可偿还，于是轻生寻了短见。

您觉得这个故事，有些耳熟吗？

韦罗妮可的丈夫，当年学医的师父，是阿谢尔·福楼拜。阿谢尔先生有个儿子，比韦罗妮可大一岁，叫古斯塔夫·福楼拜。1857年，即韦罗妮可过世九年后，古斯塔夫·福楼拜出版了传奇的《包法利夫人》：一个叫艾玛的姑娘嫁给了乡村医生包法利先生，婚后寂寞，心思活络，情人颇多，债台高筑，无可偿还，于是轻生寻了短见……

哦对了，为韦罗妮可画像的约瑟夫·库尔特先生，也是福楼拜家族的肖像画家。

不，这并不只是"福楼拜听说了师兄的家庭绯闻，于是写了下来"那么简单而已。

韦罗妮可过世那年，福楼拜二十七岁。那个时期，他与许多年轻作家一样，热爱雨果，热爱浪漫主义。到而立之年，福楼拜成熟了，之后他嫌过雨果"不够科学"。众所周知，此后他发挥血液里医生老爸的遗传，开始写内敛客观的小说。

他的一种招牌写作法，是拿包法利夫人及其他庸人眼里看到的"浪漫生活"进行反讽。他喜欢《堂吉诃德》，《包法利夫人》也确有《堂吉诃德》的意思：主角都想入非非，幻想自己过着不现实的日子。这很明显是讽刺，是在嘲弄庸俗的浪漫主义——就像今时今日，全世界都讨厌矫情做作想入非非的玛丽苏。

但他自己，却又明白地说过，"包法利夫人，就是我。"

等等，哪里"就是我"了？

福楼拜后期写的《情感教育》，以及未完成的《布瓦尔和白

欧仁·吉罗:《福楼拜肖像》

居谢》，对待主角都要冷漠得多，嘲笑起人类的愚蠢和矫情来，更加不遗余力。相比起来，《包法利夫人》里，他在嘲弄"这个妇女心思又活络了"之余，还带点"唉，这也难免"的意味。看上去，他是以上帝视角沉静叙述，冷冽克制，一个都不饶恕。但对包法利夫人的情感细节，他还是很给面子的——一种几可乱真的温柔，即对待包法利夫人，他还不那么铁石心肠。福楼拜把那个心思活络、附庸风雅的包法利夫人写死了，但在她死之前，还是没把讽刺写到绝，留了一点点面子。这让你甚至会疑问：

福楼拜究竟是想讽刺包法利夫人矫情，还是对她的矫情作态，稍微有那么一点点怜悯？

这是我的一点私人揣测：

某种程度上，韦罗妮可的死，赶在了福楼拜二十七岁那年，恰好是他从略带矫情的青春浪漫主义转向的时刻。《包法利夫人》是他对这段时光的自省和自嘲，但他在"我已经成熟了"的同时，还没有对自己那段时光下狠手。大概，他可以理解韦罗妮可这种女性的心情。她是个胸怀浪漫理想的庸人，死得也不算冤枉，但说到底……谁没年轻过呢？

每个人或多或少都抱有两种倾向：一面是略带矫情、心思活络、想入非非；一面是反省往昔，决心不再矫情，觉得自己已经成熟了。但以后一种成熟心态回看前一种心态时，多少会心存一点点怀念，一点点怜惜。这大概就是福楼拜听到韦罗妮可死讯时的心情吧？

劳特雷克与拉古略：
蒙马特与红磨坊的风流与幽暗

1890年，亨利·玛丽·雷蒙·德·图卢兹·劳特雷克·蒙法年将二十六岁。12年前，他经历第一次骨折，隔年第二次，加上遗传病，他的身高停在了150厘米，步行都困难。理所当然地，他失去了伯爵继承人的地位。理所当然地，他开始离群索居。十八岁那年他跟聋哑画家布兰斯多学画，二十岁那年他住到了巴黎西北的蒙马特高地，众所周知，那是巴黎最灯红酒绿的旖旎之地。二十四岁，他爱上了雷诺阿的模特，性格独立却桀骜的苏珊娜·瓦拉东，一年后断绝关系；在第二段恋情里，他染上了梅毒。二十五岁，因为比利时画家格鲁批评了劳特雷克的好朋友梵高，劳特雷克宣布要跟格鲁决斗，逼得格鲁道歉。

这就是他的脾气。他本该是伯爵，轻裘肥马、坐拥庄园。但与此同时，他不相信女人，老师是个聋哑人，自己是个残疾人。他沉湎于蒙马特的幽暗与灯红酒绿。他的好朋友梵高在他二十六岁这年死去,他的精神导师是酷爱画芭蕾舞演员的德加。

与梵高一样,劳特雷克也酷爱浮世绘。而众所周知,日本浮世绘最初本是演员海报(所谓役者绘)、美女招贴(所谓美人绘)。梵高是热爱歌川广重的风景画,所以去了阿尔勒;劳特雷克去不了那么远,在蒙马特的暗夜里消磨美人,他觉得就够了。

1890年,路易斯·约瑟芬·韦伯二十四岁。四岁时她父亲双腿残疾,七岁时父亲过世,她被叔叔收养。她当过洗衣妇,当过模特,当过舞者。二十三岁时,蒙马特著名的红磨坊开张。路易斯成为最初的头牌。她的艺名是 La Goulue:拉古略,贪吃

劳特雷克:《红磨坊的舞会》

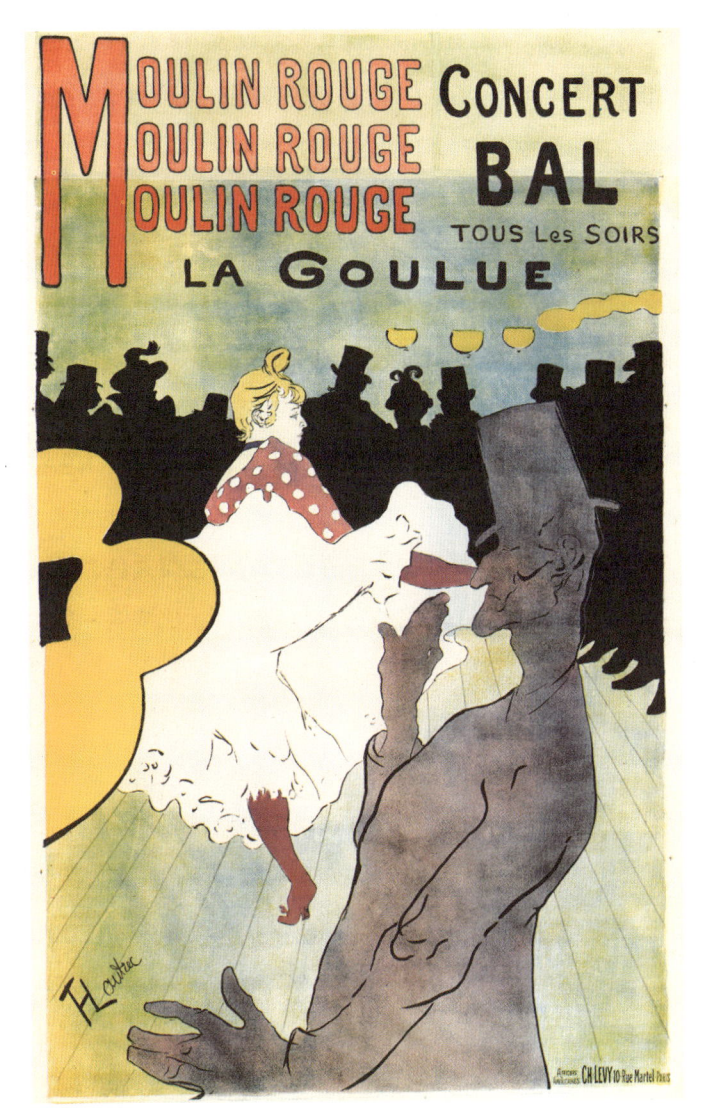

1891年劳特雷克所绘红磨坊海报

者——因为她总能将客人的酒杯一饮而尽。

1890年,劳特雷克画了《红磨坊的舞会》。画的右手有他白须苍苍的父亲,画中纵情起舞的姑娘则是拉古略。这幅画肆意之极,据说劳特雷克老伯爵看到这幅画时疑惑,"这幅画真画完了吗?"

他师从于印象派,但又走得更远。印象派老几位——莫奈、雷诺阿、毕沙罗,包括劳特雷克自己的师父德加——讲究的是速度与现场,用细碎笔触画下当时的光影,无视传统素描技法;劳特雷克对光影和色彩很敏感,但他甚至懒得忠实于情景。他乐意画得色彩浓烈而不和谐,乐意将人画得不好看,乐意将他们的特征夸张一下。

但您也一定看到了,在全世界妖娆的绿色与黄色,以及人人一身黑的情景里,拉古略的色彩与动态都无比绚丽,那就是传奇的康康舞刚被世界了解之时。这幅画并不圆润、并不优雅,但是跳跃明快,舞厅的气氛尽在其中。

一年后,劳特雷克手痒了。他多年钟爱浮世绘,他在红磨坊已经玩了两年,他与拉古略有了微妙的感情。他,一个自身残疾的贵族,一个习惯了聋哑老师、梅毒妓女却又傲气十足的男子,决定玩个邪的。当时全法国的海报多是黑白的,他却制作了一幅华丽幽暗的版画海报:与一年前的油画一样,观众们是黑色的剪影,整体色调是金黄,焦点是拉古略活泼的舞蹈。

后世许多评价会说,这幅海报开了招贴画艺术的先河,为平面艺术奠基,但在当时,劳特雷克未必知道这个。他只是截取了蒙马特与红磨坊的色彩与光影，以及拉古略的舞蹈。

这幅海报达到完美双赢：一夜之间，拉古略成为全法国的明星；一夜之间，劳特雷克成为商业海报的宠儿。

劳特雷克的巅峰期从此开始。他用急速如舞蹈的线条描述舞蹈，用舞蹈般的曲线描述动态，用下朝上的灯光明暗让一些人藏在暗影中，让突兀的光影打在女性——尤其是拉古略——的脸上。夸张，甚至有点丑陋，但拉古略允许了这一切。

1895年，拉古略离开了红磨坊，经营失败，两年后便宣告破产，一贫如洗。同时期劳特雷克开始酗酒。1901年，劳特雷克逝世，拉古略与一个魔术师、驯兽师结婚。她自己的表演小屋外依然有两幅招贴画：那是劳特雷克赠给她的，最后的温柔。那年，路易斯的独生子被一位商人收养，她得了笔钱，大半送给另一位妓女付了医药费，剩下全都捐给了教堂。

这就是蒙马特开始时的精神，一群自觉离开主流世界，在灯红酒绿中舞蹈的人。他们各有自己的缺憾，从来也不追求完美，但在这奇妙的幽暗之中，他们找到了自己适意的时光。劳特雷克和拉古略合力截取了最初的蒙马特，最初的，不羁、骄傲、突兀又美丽的幽暗。

托凯的蓝色眼影

生于1935年、故于2012年夏天的伊兹恰克·托凯,是那种你一看到作品,便认得出来的画家。

首先自然是因为他鲜明的风格。他在世之时,便被美国学者认定了他的画受马蒂斯与劳特雷克的影响。马蒂斯的色彩,劳特雷克的线条。

说到马蒂斯,大家都爱说:他老人家是承前启后的大宗匠;与老毕(毕加索)一样终身参与各种革命的跨界魔王,投身各次运动,解锁了各种艺术形态的蓬勃发展。

当然,最有名的,是野兽派这称呼——搞得大家都以为他很狰狞呢。

其实不是。

所谓野兽派的典故,是这么回事:1905年一个展览上,人家说"这是多纳泰罗蹲在野兽堆里"。多纳泰罗是意大利雕塑

劳特雷克:《玛塞尔·琳达在希尔佩里克跳波利乐舞》

家,《忍者神龟》里那个戴紫头巾的就以他命名。

然而马蒂斯并不凶残,他只是比较华丽罢了。因为太喜欢色彩,所以他画画,会忽略毛发细节,也不讲光影。他要大块的、舒适的颜色做对比,把颜色和线条,当积木似的玩儿。

劳特雷克,巴黎人爱开玩笑,说他是夜店小王子。他活着时,19世纪末20世纪初,蒙马特高地到处都是他的风流韵事,以及著名的、包括129道菜的菜谱。艺术史家说他,就是用彩绘在做素描,曲线优美,慵懒到毫无热情。因为所画的夜景多,光影蒙昧不清,所以他敢用浮世绘式的套路:没有透视,不设明暗,大家都懒洋洋地在色彩海洋中浸泡着。

托凯的画风,就是这个劲头。他像马蒂斯一样爱用大块色彩,像劳特雷克一样爱用曲线,慵懒的曲线。他说自己选择色彩,并无规矩——不像新古典,会讲究冷暖色调的平衡。1993年的一个访谈里,他说自己只凭色彩的感觉来。所以他的画富有装饰性,色彩华丽,又慵懒闲雅。他的画里没有现代艺术惯见的概念、套路、政治正确、观念表述。这种画一百年前可以挂在家里,一百年后还是可以挂在家里——色彩对比、优美曲线,这种东西的价值是永恒的。

自然,您也发现了,他的画所以好认,除了色彩和曲线,还有一点:画中女主角们多是华丽又慵懒的美女,每个人都有种浸泡着烟草与咖啡香味的梦幻感,以及永远低垂的蓝色眼影、殷红嘴唇。

2017 年 4 月初，我在一处拍卖会上买了四幅伊兹恰克·托凯的画。

"为什么他会这么画呢？"我问拍卖师。

拍卖师跟我讲了个故事。

托凯九岁那年，即 1944 年，他与母亲一起被关进过毛特豪森－古森集中营。那是个看不见天的地方，没有蓝色，只有幽暗，无尽的幽暗。母亲带不了其他东西，只有一点蓝色的眼影。于是，在托凯九岁到十岁的那一年间，他只能抬头，看到母亲的那一点蓝色眼影。于是，以后半个世纪，他笔下的女郎都有这一点低垂的蓝色眼影。

这么一解释，他的主题——这些眼影低垂，慵懒又艳丽的女人——忽然有了另一重色彩：如果这低垂的蓝色眼影与美丽姿态，是低头看着孩子，对抗纳粹的暴力与死亡阴影，感觉就全然不同了呢。

托凯作品

它们

爱欲的情境与投射

老一代美国宅男,有个共同的性幻想对象,即《星球大战》里的莱娅公主。一想到她被贾霸捉住,手戴镣铐,身着金色比基尼时,成亿颗美国心脏便狂跳如锤,血脉贲张。

这种现象,自有纷繁多样的符号学、心理学、社会学解读,但有一样是逃不掉的:

公主的身份和金色比基尼,这两个东西所构成的情境,是不可或缺的。

古代人早懂得一个秘诀,所谓:"宿尽闲花万万千,不如归去伴妻眠。虽然枕上无趣味,睡到天明不要钱。"这打油诗很俏皮,但也很实在。

更实在的说法是:关了灯,都一样。

然而个别的体验,终究还是有区别,在哪儿呢?反应,这是外在的;情境,这是内在的。

凯丽·费雪的"莱娅公主"扮相

比方说，对宅男而言，自家的女朋友，那是一回事，戴上莱娅公主的发髻、穿上莱娅公主的金色比基尼，那就是另一回事。如果还能来几句星战系列的台词，简直就要高兴疯啦——说到底，爱人在意的，不只是新鲜感，而是情境，是"我们想象中的那个女人"。

许多性爱时刻中，制服诱惑存在的意义，主要是被毁坏。不少制服控，会觉得制服这玩意儿只可远观不敢亵玩，只在心里默默幻想，把这制服解决是何等光景。因为制服总代表秩序（军队）、理性（教师）、端正（僧侣）、纯真（女学生或医疗工作者）、统一（不必说了）、集体主义，而且意味着工作场合、公共场所。

所以在性爱场合挑战制服，也就是挑战世界已有的壁垒。制服诱惑制造出一个秩序世界的幻象，来诱惑你破坏之、侵犯之，并从中获取额外的快感。

这就是人类的微妙之处。"睡一个异性"是不够的，最好是"睡了莱娅公主，睡了教师，睡了女学生"，这些都是多出来的情境幻想。

女生也如此。米兰·昆德拉有个小说《搭车游戏》，男女朋友你假装搭车卖身的小妹，我假装驾车占便宜的大哥，到后来，都收不住了。

久而久之，制服、金色比基尼这些道具，就成了一个投射的工具，一种仪式，一种符号。

当然，这种念头，古已有之。

德斯蒙斯·莫里斯先生的《裸猿》里认为，男性喜欢女性的胸部，倒并非贪图胸部本身。胸部在男性那里，是臀部的投射。而臀部代表性爱。自从世上有遮羞装束之后，男人也并不能常常见到异性翘臀，于是看美胸而幻想翘臀。

就是说，男人们爱胸部，是对爱臀部的投影。一如男人们爱制服诱惑，是对自己幻想中某个女性的投影。

既然性征地带如此危险诱惑，所以就得遮起来。于是有了裙子和裤子遮盖翘臀，然后有了内衣。一种传说是，公元前10世纪的克里特岛，女性都是大模大样露着胸的，还用金粉描绘乳头来装饰。克里特严格意义上不是欧洲大陆文明，故也难怪。北非如埃及，以往也是袒胸露乳，非洲许多部族至今如此。因为那时还普遍质朴天然，不会胡思乱想。

而越是文明的地方，越对这类想象得委婉周到。

鲁迅先生《而已集》里提到这个茬儿，说中国男人"一见短袖子，立刻想到白臂膊，立刻想到全裸体，立刻想到生殖器，立刻想到性交，立刻想到杂交，立刻想到私生子"，就是这种联想力啊。这其实是看到金色比基尼就想到莱娅公主的高级版本。

所以当下有些女郎封面，都拿着乳沟当卖点。看不惯的人自会觉得伤风败俗，但细想来，乳沟并没什么。顺序其实可以这样理解：

男人们是会被性爱吸引的，性爱不得，于是被翘臀吸引，因为翘臀是性爱的投射。

翘臀也不可得,于是转而看胸,因为美胸就是翘臀的投射。

胸也不可得,只好看乳沟;最后,大家也不太好意思直说乳沟,就叫事业线。

所谓文明,其实就是这样子。亚当和夏娃赤裸相对而不知羞耻,是最原始纯真的时代。而时代进步,就是让人不断知道羞涩,然后在不断的遮挡和退避中,获取到更复杂、更细密的快感。

亚当和夏娃要吃了禁果快乐地做爱,才能有快感;而如今人类可以从一杯酒、一个眼神、一个亲吻、一套制服诱惑、几句情话的感官刺激中,获得爱欲的快感。

所以在性生活的问题上,人类比动物先进多了——动物满足生理需求就行了,人类却有办法从千变万化的感官刺激里,获得心理需求的满足,从恋性爱到恋人终于到恋物甚至连高跟鞋和皮革装束都能让人起性——这就是人类伟大的地方了。

《笑林广记》有个段子。公公想占媳妇的便宜,媳妇告诉婆婆,婆婆让她别怕,躲到别的房间去,自己睡了媳妇的床铺。到晚间,公公摸黑到媳妇床上,开始快乐地嘿嘿嘿嘿。婆婆容她老公折腾半天,最后喝一声:

"老杀才!今晚换一张床铺,如何就高兴起来?!"

这就是人类独有,而动物无法理解的爱欲奇妙所在。

美貌的诅咒、暴力与威权

索尔仁尼琴在著名的《古拉格群岛》第二部分,说了这么个细节——

1937—1949年期间,许多被发配到流放地的苏联女子,都过着糟糕的生活:一个营房里挤了五百个女人,污秽残破,难以形容。有规定禁止男性进入女性营房,但并没有枪支来维持这个规定,如我们所知:在流放地,没有武力威慑,一切规矩都默认可以破坏。男性犯人会涌入营房,四处端详。女性营房里无可遮蔽:没有帷幕,没有像样的隔挡。索尔仁尼琴的原话是:

"唯一的保护措施,是你老或者丑。"

不老或不丑的女性,自然会遭遇不幸。此时,美貌成了她们的诅咒,成了她们的罪过。她们遭遇凌辱,遭遇威胁,这种情况下——索尔仁尼琴写道——聪明的女人只能选择性地挑一个男人来委身,以便当其他人来凌辱她时,可以报出名来吓唬一下对方。再聪明的美女也无法独善其身，只能减少被凌辱的次数，投托一个可靠的对象。除了被凌辱，还性病流行，接近一半的妇女都感染有性病。

但这还不是全部。实际上，当许多犯人被定名为"人民的敌人"时，已经失去了人权。这些家属被挑去检查时，是赤身裸体的——长官们要挑拣一下。长得美，而且愿意献身任长官们为所欲为的，可以得到优待。所谓优待的意思是：劳力轻些，不会饿肚子。

古拉格集中营墙上的邮箱，伍尔夫斯坦拍摄

非只如此，中国也有类似故事。1852年冬季，太平军攻占武昌，为时虽短，东王杨秀清已经开工，要全城十三岁至十六岁少女，向官府报到，以备选入后宫，违令者罪及父母。当时太平天国执法严峻，民间认为"除杀之外无他法"，没法违抗。不得已，武昌父母很聪明：自家的漂亮女儿，"污秽其面"，好好的白净脸蛋涂成鬼样子，好蒙混过关。不料道高一尺魔高一丈，太平天国在报到处已经准备了满盆清水，来报到的姑娘，先洗脸再参选。逃不过啦！当场就选走了六十个美女。

哪位说了：这种美貌倒霉，主要因为是平民之故。

非也。

南北朝时，北魏猛将杨大眼勇冠天下，魁梧英伟，号称可以手捉飞鸟、头上系着三丈的布奔跑而布不着地；夫人姓潘，是个妖娆的美人，喜好戎装，没事便与杨大眼一起出入军营。生下孩子来，叫作杨华。潘夫人后来行止有不端处，自尽了。当然，没妨碍杨华的好容颜。《梁书》说杨华"少有勇力，容貌雄伟"。

然后就出事了：

按史书原话，北魏太后"逼通之"，想要了杨华。太后落花有意，杨华流水无情。杨华知道自己若不肯，一定会出大问题，所以临了，"惧及祸，乃率其部曲降梁"。杨大眼跟梁打了一辈子仗，临了儿子却降了梁，就为了老太后的一点儿色欲。

这事还有后续。魏太后对杨华思念弥深，不能禁止，于是写了《杨白花歌》，让宫女们拉手合唱，以慰相思，曰："阳春二三月，杨柳齐作花，春风一夜入闺闼，杨花飘荡落南家。含情出户脚无力，拾得杨花泪沾臆，秋去春还双燕子，愿衔杨花入窠里。"

听起来很动人，但一个大男人被比作杨花，总有点怪怪的。

简单说吧，这是个因为"不约，太后，我们不约"，最终导致美少年叛逃敌国的故事。您可以想象，杨华一定是试了诸般法子，逃不过，这才出了叛国下策。反过来想：太后得多如狼似虎啊！

所以了，在赤裸裸的欲望面前，美貌有时会成为一种诅咒，遭遇贪婪与掠夺。文明的好处在于，可以有所限制，保护美貌不被强权掠夺。而强权——包括暴力与威权——都足以扫灭一切抵抗。所以并非美貌不好、红颜薄命，而是美貌们不幸，生在一个暴力与威权可以赤裸裸为非作歹的时代。

狐仙

狐狸很萌的……

狐狸很坚强，森林草原沙漠丘陵树洞土穴都能生活。

狐狸很独立，生殖期结成小群，其他时候独立生活。

狐狸不挑食，家禽小虫小鸟野果都吃。

狐狸很乖，可以被驯化，伦敦现在就有一万来只狐狸被人养。

狐狸特别惨。孟尝君被秦国扣住，幸姬帮他解围，但是"妾愿得君狐白裘"。多少只狐狸才能得一件狐白裘啊！

赤狐（red fox）是狐狸的代表，所以许多传说里，包括搜狐的标志，狐狸都是红色的。赤狐适应能力很强，欧亚大陆的温带以南直到北非都有分布。

澳大利亚原来没赤狐，19世纪才被引入。为什么？为了体育活动。什么体育活动？猎狐。英国人是把这玩意儿当个娱乐的。

当然，英国现在猎狐是不让用猎狗了，以前可猖獗着呢。想过狐狸的感受吗？狐狸是很少主动袭击人类的呀。

赤狐表示：英国人神经病啊？我这么萌你还弄我？！

基本上，西方狐狸和东方狐狸有一点类似处，狡猾多谋。但其他就不太一样了。至少西方语境里，狐狸大多带着男性狡黠神色。比如，叫"银狐"（silver fox）的，包括克鲁尼、梅尔·朱达（打扑克的）、大卫·泰勒（打斯诺克的），包括中国人民的好朋友里皮教练，这都是男的吧？英语里 foxy，基本就是"狡猾多谋""红头发""性感妖异""聪明伶俐"，都可以。西方最有名的，就是列那狐了。《列那狐的故事》里，基本上列那狐就是个亦正亦邪的阿凡提型角色，下面戏耍雄鸡们，上头

赤狐，安东尼·昆塔诺拍摄

对抗狮王和大狼，算个正面角色。

东方的狐狸，也是狡猾多智，但很大部分是女的，带阴柔气。

中国的狐狸大概是这样：先是有了个"狐狸很狡猾多谋"，然后进化成"狐狸通灵"。

《朝野佥载》说"唐初以来，百姓多事狐"，就是民间拜狐狸大仙。这里狐狸就不是狡猾多智，而是善于变化有神通了。

然后，又演变出狐狸有勾引人的法术，《太平广记》卷第四百五十四，就叫《狐八》，八个狐狸故事，里面就有好狐狸和坏狐狸。坏狐狸就是附体勾引人或者抢东西，好狐狸就能给你当老婆，就是狐狸版的白素贞了。

狐狸尾巴因为特征明显，所以许多故事都拿狐狸尾巴说事。什么狐狸修炼久了尾巴就多。到明朝《封神演义》里，妲己是九尾狐，褒姒也是九尾狐。这里，狐狸就已经成了正经妖怪了，而且可以很有神通。《无双大蛇》里妲己的造型大家都很熟悉，带狐耳狐尾。

到清朝《聊斋》简直就是本狐狸书，形态多样。狐狸一会儿附体，一会儿魇人。而且感觉《聊斋》的世界观里，狐狸和人类彼此很了解了，人类一觉得哪儿不对，"一定是狐狸在搞我"。

《娇娜》里，狐狸一家还和人结了亲家，孩子容貌好看，"有狐意"，而且别人看了都知道这孩子是人和狐狸杂交的。

《王成》里，狐狸老太太还和王成的爷爷有一腿，说明狐狸也会老。

过去北方还有拜狐狸大仙的，跳大神的时候经常会唱。家里闹鬼，跳大神的请狐仙。

所以中国传统的狐狸，有坏的有好的，而且不一定是精。我觉得乡下的话，妖精和仙大概也是不分的，拜哪个哪个听就是。所谓巫婆灵不灵，全看会请神。

中国经典的狐狸，是变化为人形的，比如《天书奇谭》里的三只。

日本的妖狐，比较特殊。首先，日本的各类神道妖怪并不都是邪恶的。反正万物有神，像平安时代，人与妖怪一起过日子也不怕。鸟山石燕画百鬼夜行，基本上妖狐也不太吓人。

稻荷神社有祭奉妖狐的，因为能保护庄稼，狐狸就成了稻荷大神的使者，和人类是好朋友。

日本狐狸拿个叶子戴在头上就能变形，《机器猫》里都有这么个法宝。

杀生石、玉藻前、安倍晴明什么的故事，太有名了，不提。日本人也喜欢九尾狐。

所以日本传说里呢，狐狸可以很妖媚，比如《百怪图卷》中的野狐。

进入二次元时代后，先是日本漫画都很喜欢画狐时带狐耳和狐尾为特征。后来画多了，狐耳和狐尾，就像呆毛和猫耳娘一样，成为萌系的标配了。

比如众所周知的《幽游白书》藏马。

以至于现在，二次元画风，基本都接受了这一设定。狐妖都做人形，只是加狐耳和狐尾，基本就添加了萌属性。

因为日本什么妖怪都能和人类和平共处，所以萌一点无所谓。许多故事里，妖狐只是爱变个样子捉弄人，不坑害人的。

基本上，可以概括说：狐狸精遇到古代中国正经人，就邪不胜正。

而大多数古代日本人，都能和妖狐和平相处。

而在现代二次元文化里，妖狐约等于人形加狐耳和狐尾，都已经快和现在的喵星人感觉差不多了……

人们为什么爱金色

人人都爱黄金。璀璨的，绚烂的，闪亮的，黄金。

——世上当然也有其他金色。比如白金，比如紫金。然而它们的色调，就没那么迷人。白金是黄金与其他白色金属（银、钯）的合金；紫金是金铜铁镍等的合金，就继续留在俄罗斯土地之下吧。人类所爱的，是金色温暖华贵的光芒，是地地道道的黄金。

正经的金色，是怎样的呢？是黄色吗？又不是。黄色是柠檬，是香蕉。金色才没那么鲜亮呢。

"金无足赤"。金是要有一点赤色的。黄色，带一点橙色，嗯，那就是琥珀色了；好吧，少一点成色，大概是黄色多一点橙，琥珀色少一点橙，那就是金色：是土匪镶嵌金牙、抢到压寨夫人时嘿嘿笑露出的金色；是俄罗斯人吃鱼子酱时用的全套金餐具闪烁的金色；是凡尔赛宫镜厅中跃动的太阳王金色；是东北扒蒜小妹身旁穿貂大哥脖子上晃动的大金链子的金色；是老阿婆送外孙女出嫁，递上的传家宝金戒指的金色；是苹果公司要在手机上摆谱弄出来的土豪金色……

比橙色鲜明，比黄色温暖的，轻橄榄褐到暗黄色之间的，金色。

为什么要镶金呢？当然是为了显得有钱啦！东北大哥的大金链子土吗？说明大哥是个实诚人，有钱！牙齿镶金显得土吗？说明山大王是个实诚人，有钱！我们那里老年间，定亲的婆婆要将当年自己当嫁娘时婆婆送的金戒指给媳妇，粗大笨重，喜笑颜开：你看这戒指，够分量吧？真金！不信，我咬给你看，还有牙印呢！

19世纪末，有化学家为俄罗斯人使金餐具吃鱼子酱辩护，说别的器具都有味儿，就金子特别稳定，不会影响鱼子酱的味道——其实是胡扯。上好的树脂制品、塑料勺子还没味儿呢，您干吗不用？

所以最初对金色的使用，都逃不脱高贵与奢侈。埃及的金制法老面具，希腊人传说中伊阿宋去寻找的金羊毛，公元前意大利人用的金冠，皆如此。金子是财富，是华贵，是购买力，是一切。教会一度觉得，万物皆是上帝所创，所以最华美的，都要用来赞颂上帝，于是东正教拜占庭艺术很爱镶嵌金子。

这习惯，西欧也有。1492年，西班牙占领格拉纳达，阿拉伯人被赶过直布罗陀海峡，同年哥伦布出发向西，发现了新大陆；伊莎贝拉一世与她的丈夫费迪南二世喜极而泣，认为这无限的财富是上帝的恩赐，作为他们在格拉纳达击败摩尔人的酬劳。为了酬报上帝，他们修了塞维利亚主座教堂，其中有无数金闪闪的装饰——是的，在西方文化里，攫取黄金是一种本能，是自力更生、奋斗、上帝给你的酬报。

当然，此后，多少有些变了。金色装饰摆弄多了之后，便从单纯的富有炫示，变成了权力与高贵。于是好玩的来了，巴洛克时期，出了名的万物金闪闪。这些都是金子吗？未必。在17世纪的罗马和巴黎，许多看去金闪闪的，其实是黄铜。

著名的太阳王路易十四喜欢土豪金，以至于满巴黎镶嵌黄铜后，他后面的路易十五和路易十六，就开始喜欢象牙、植物图案、小片黑曜石等等不那么土豪的东西。只是到拿破仑登基，再度卷土重来：红天鹅绒与金色，光闪闪的。

为什么呢？难道拿破仑也是个土鳖吗？倒未必。从色彩学上讲，红色给人庄严宏伟热情之感，金色予人辉煌温暖高大之相。拿破仑帝政时期的家具，典型的风格便是：老子不要坐着舒服，就是要显得堂皇！

在这时，金色便成了另一种姿态。从财富变成了高贵与权威。

意大利大宗师切里尼在文艺复兴时就说过，他喜欢金子……谁不喜欢呢？但不为了财富，而是，"金子很容易加工，而它光芒璀璨的美丽，是无可比拟的。"

埃及博物馆的图坦卡蒙金面具复制品,卡斯滕·弗伦泽拍摄

有没有一种可能是：金色当然高贵、光荣、辉煌，但我们仅仅是喜欢它的颜色呢？——就像许多选择苹果金色款的，大概也知道金色并不比黑色多含个几两黄金。仅仅是觉得好看呢？

事实上，在自然界，金色代表着另一种倾向。秋天黄叶满地，是金色的；秋日麦田，是金色的；夕阳，是金色的。从纯白之冬，到绿野之春，到烂漫之夏，再收敛为金色的秋天。所以金色是收获。

我们都知道，葡萄酒分白葡萄酒与红葡萄酒。然而白酒的颜色从来不白，而是金色或黄绿色。年轻的葡萄汁是白色，但随着时间流逝，渐次变为浅绿到浅黄，终于变成金色，甚至近于琥珀。夏多内葡萄酒便常呈现金色。白兰地的金色，则要更深邃一点。那是葡萄酒的精华，是香槟都未曾体验的蒸馏。陈酒的颜色越是暗沉，时间便累积得越久。

如上所述，好的白葡萄酒是金色。夕阳是金色的，丰收的麦田是金色的，刚抹了油、烤出来的馒头，也可以是金色的。白兰地的金色，是白葡萄酒的金色、香槟的金色，更多一点时间的味道。很醇厚，很饱满。人都说岁月流金，看一眼酒体的颜色，这金色，是时间一抹一抹给涂上的。

就像青绿色大多清爽，红色大多浓厚，金色也是可以很温润雍容的。是时间的痕迹，也是对经历过时间，同样一路走来的自己的慰藉。

奢侈的秘密

　　夏洛特·贝阿特丽丝·罗斯柴尔德1864年生在巴黎。她闪着金币与债券光辉的姓氏，令我们不难想象她少年时的生活。十九岁那年她嫁给了三十四岁的俄罗斯银行家，敖德萨出身的莫里斯·艾弗鲁西。婚姻持续二十一年后，贝阿特丽丝与莫里斯分手。
　　之后，她就自由了。
　　三十八岁时，贝阿特丽丝在距离尼斯老城20分钟路程的海岬上，三面环海的所在，建属于她的罗斯柴尔德别苑，公认的奢华。
　　贝阿特丽丝的品位很是微妙。罗斯柴尔德别苑的前花园，布着罗马式小天使与罗马拱柱，然而门楣的细致雕工却有西班牙味道；大厅布成文艺复兴时的威尼斯姿态，大理石柱子的原料从意大利维罗纳运来，为了承重而特意加入的几根钢铁柱子，另加灰泥，装扮成大理石模样。向海的左厅里，放着18世纪洛可可风格的家具，家具直线腿脚，另有专门打桥牌用的桌子；

朝海的地方，落地窗挹取阳光与海景，另加一个希腊式雕塑；地毯则是路易十五时期的，当时世上只有四块，三块毁在了大革命时期，要知道，挂毯艺术在法国属于文艺复兴前文明了，是给怕冷的城堡领主用的。这条地毯的陈放，多少体现出贝阿特丽丝的意思了：

不管是否有用，放着再说。

门厅是16世纪威尼斯风，各路小房间大体是18世纪洛可可到新古典主义法国风。清新式奢华，也容易看出主人是女性，是个有教养的古典范儿女性，而非路易十四那种纯男性的、土豪金的、卷曲粗壮的巴洛克风骨。

但房子本身，还不是全部。

威尼斯大宗匠提耶波罗的穹顶画，法国宫廷大师布歇的小作品；各路雕塑名家的作品混合，安托瓦内特王后用过的各类饰品。中国漆器与屏风。万森堡皇家陶瓷厂出来的陶瓷精品收藏。房子是奢华，有钱尽可以造；藏品却是自内而外透着骄矜富贵：许多作品的收集，依赖的不只是眼光和财力，还有人脉——并不是谁走到威尼斯去，就能拿两幅提耶波罗回来的。

屋外有花园。在三面环海的山上造一个小型凡尔赛，很容易见出贝阿特丽丝的野心。在理当是小特里亚农的地方，贝阿特丽丝建了个中国和日本式花园，建了日本枯山水。这意思是，她是个国际范儿的人，同时，还很古典——众所周知，中国风在法国最受欢迎的还是18世纪。

这——是个奢侈品打造的典型范例。

奢侈品领域里的第一关键词，英语是 inaccessible：难以得到。故奢侈品不能轻易降价，还得提倡限量版，一旦大路货了随意供应，格调就没了。

而奢侈品的用途？主要是两种：

其一，制造社交距离——我拿一个奢侈品，你没拿？抱歉啦，不用开口就知道我们不是一路人。

其二，价值观表达——我拿了一个 LV，你拿了一个 Gucci？抱歉我们不是一路人。

因为涉及价值观表达，所以奢侈品会忙着跟历史、古典、荣耀、异国风情挂钩。所以奢侈品动不动玩复古。贝阿特丽丝便是如此：即便豪阔如罗斯柴尔德家族，毕竟也只是有钱；想法子跟 18 世纪的法国、16 世纪的威尼斯搭上关系，品位一下子便高了。至于中式花园和日式花园？异国情调嘛！

哪位会说了：18 世纪末的法国，安托瓦内特王后时代？那不是被革命掉、上了断头台的王后吗？不是被法国人民当作腐朽没落的时代吗？如此挂着她的牌子来秀奢侈，会不会特别招人恨？这就是奢侈品的另一个微妙之处了：英语所谓 transgression，罪愆。《欧也妮·葛朗台》里有个桥段：质朴的女佣拿侬，看见阔少爷夏尔穿着绣金睡衣，都吓坏了：好少爷啊，这太奢侈了，要下地狱的呀！这个捐给教堂才对呢！——这种普通老百姓认为是罪过的，恰好是奢侈品使用者喜欢的：打破禁忌，这才比较过瘾呢。

所以啦，这就是奢侈。某种情况下，是反普通老百姓的。老百姓喜欢随手即得的、接地气的、平等的、健康无害的、现代的，而奢侈品领域却偏喜欢古代的（甚至有点腐朽的）、阶级化的、打破禁忌的、可以划分人与人阶级的存在。所以奢侈品领域总有点不管不顾的架势——如果被消费者左右了，那就不成其为奢侈了。

安托瓦内特王后的饰品与勒布伦夫人为王后绘制的肖像画

文艺青年的巴黎

在巴黎，阳光下驶来的公交车身上，会刷着大幅广告：大皇宫小皇宫也许又有约丹斯的展览了；卢浮宫又借来哪几幅拉斐尔了；鲁本斯的哪个展快要结束了；地铁站闸机上会告诉你：拉斐尔的师傅佩鲁吉诺的展正在进行；弗里达和卡罗的夫妻展在奥赛博物馆，快来呀……你到地铁7号线卢浮宫站，往卢浮宫地道里走，会看见右手边是苹果专卖店，巴黎人也会热热闹闹在里面玩iPhone和iPad，但更多人则老老实实在店门口排队，等着验完包，好进卢浮宫。

你也可以去卢浮宫，这三大件前面，也的确是人山人海。它们彼此隔不甚远：你去卢浮宫，老实从老城墙下走过，抬头看见拉美西斯像了，右转到头，就是米洛的维纳斯像；旁边穿个楼梯，当中就是胜利女神。上了楼，是法国18世纪末至19世纪初的大油画厅，去惯的人呼为红厅，里面净是大卫、安格尔、杰里科、德拉克洛瓦们的鸿篇巨制，但游客们还是迫不及待往侧面的意大利廊走。为什么？因为意大利廊和红厅中间，专门有个大房间，是搁《蒙娜丽莎》的——实际上，那也是整个卢浮宫，屈指可数的，会给油画上玻璃、围栏杆、让大家只能隔栏傻看的几幅作品之一。

实际上，全世界人民在这点上，也都差不多：围着维纳斯看的游客，未必有多少肯去分析希腊人的技巧，还是啧啧谈论："她要是有胳膊，该是什么样啊……"围着《蒙娜丽莎》看的人，也不是为了欣赏达·芬奇的渐隐法如何让那眉梢眼角婉妙动人，大半还是在嘀咕"她的微笑到底是啥意思……"去惯卢浮宫的人会开玩笑：正因为这三大件吸引了无数游客，给其他的画作敞开了空间，你才有机会看别的。比如，最明显的例子，卢浮宫里，正对着《蒙娜丽莎》的，是威尼斯大宗师委罗内塞那幅 994 厘米×677 厘米的巨作《迦拿的婚礼》，《蒙娜丽莎》侧面的，是提香的名作《照镜子的女人》。满厅都在高举相机、在攒动的人头之上拍《蒙娜丽莎》时，你就可以静心站着，看其他巨作了。

当然，最好还是趁晴天去。因为巴黎有些博物馆很依赖阳光的明丽，比如卢浮宫的中庭，比如奥赛钟楼，比如大皇宫的穹顶。秋冬多阴雨，室内也晦暗，看展览也让人心情沉郁；夏季则明亮得多。夏季卢浮宫中庭，阳光披拂于古希腊大理石雕像肩膀头发上，真有希腊半岛牧歌之美丽。

巴黎的莎士比亚书店，Shadowgate 拍摄

在巴黎，找博物馆或古迹，看展览，买画册，这是旅游者的惯例流程，是日常生活的一部分。但是他们并不将此看得刻苦严肃，怀抱着卧薪尝胆悬梁刺股的精神，去幽暗到布满蜘蛛网的博物馆去翻故纸堆。你可以看见姑娘们穿得漂漂亮亮，在奥赛博物馆顶楼印象派厅外，高高兴兴地吃沙拉，看着塞纳河。你可以看见蓬皮杜博物馆里，孩子们坐满一地，老师正指着五彩斑斓的画幅念叨"当时康定斯基这么用色彩，想的是这么回事……"在吉美博物馆，日本大宗匠北大路鲁山人设计的陶瓷和漆器食具展上，还有光影特效的电子设备，教你如何享用寿司。这一切在欧洲，尤其是在巴黎，格外自然。他们对待逛博物馆，仿佛看电影、购物、在街心花园的长椅上晒太阳，看脑满肠肥的鸽子们散步。

当然，还不只是逛博物馆。

你走到圣日耳曼大道上转悠，就很容易踏上六十年前，阿尔贝·加缪的路程——他喜欢在这里晃荡，然后一直走到花神咖啡馆，去见让·保罗·萨特，或者坐着，给勒内·夏尔写信。在另一个传说里，胡里奥·科塔萨尔，南美史上最伟大的作家之一，开启马尔克斯和略萨那代人的大师，曾经长居巴黎。他喜欢在卢森堡公园里朗诵小说，哪怕面前的观众是小学生、工人甚至足球运动员，他依然念得激情洋溢。某段时间，他会注意到，一个留着髭须、表情愤怒的老头儿，混在人群里注视他。

在传说里，直到多年后，科塔萨尔才知道，那个表情愤怒的老头儿就是艾兹拉·庞德。

在周六的巴黎,沿着圣日耳曼大道,走到但丁路转弯,视力好的人便能看见巴黎圣母院的侧影,那些被建筑学家反复念叨的、瘦骨嶙峋的飞扶垛。若是午后,还能看见索邦大学的学生,从左手边的老教学楼里鱼贯而出。你走上但丁路,无视右手边鳞次栉比的日本漫画店,眼看离圣母院只隔一条塞纳河、一座双桥(pont au double)时,不要急,左转,走出十来步,指着布舍列街 37 号,一间逼仄小巧的店,对身旁的朋友说:

"那就是莎士比亚书店。"

出莎士比亚书店右转再右转走一会儿,便是索邦大学。再走过去,就上圣日耳曼大道,离圣米榭勒也不远。1957 年,二十八岁、正在为《没有人给他写信的上校》操碎了心的马尔克斯,就是在这一带遇到海明威的。当然,那是另一个传说了。

最初的莎士比亚书店是什么样子呢?海明威在《流动的圣节》里如是说:

> 在那条寒风凛冽的街道上,这可是个温暖舒适的去处。
>
> 冬天生起一只大火炉,屋里摆着桌子、书架……
>
> 西尔维娅的脸线条分明,表情十分活泼,褐色的两眼像小动物的眼珠似的骨碌碌打转,像小姑娘一样充满笑意……

> 她对人和蔼可亲，性情十分开朗，爱关心别人的事……
> 她说我可以等有钱时再交保证金……说我想借几本书就借几本。

"钱你方便时候再给，什么时候都行。"当年，西尔维娅对当时穷愁潦倒、家里连个浴室都没有的海明威如是说。

"乔伊斯（就是写《尤利西斯》的那个乔伊斯）大概黄昏时来。"

就跟唠家常一样。

近一百年前，海明威刚到巴黎，住在七区，从书店回到家里，他对妻子说"我们可以读到全世界的书了"。他的妻子哈德利，当时还不知道几年后海明威会变心，正温存着与海明威那贫穷、简单又温暖的爱情生活，用这么一句话，总结了那个伍迪·艾伦用一整部《午夜巴黎》来致敬的，那些伟大人物正年轻、贫穷却野心勃勃得很纯正的黄金时代：

"我们能找到这个书店，是多么幸运的事啊！"

这就是属于文艺青年的巴黎。

画家欧仁·加利安·拉卢笔下的巴黎街景

图书在版编目（CIP）数据

他们的她们 / 张佳玮著 . —北京：北京联合出版公司，2018.7
ISBN 978-7-5596-2155-9

Ⅰ.①他… Ⅱ.①张… Ⅲ.①随笔－作品集－中国－当代 Ⅳ.① I267.1

中国版本图书馆 CIP 数据核字（2018）第 112542 号

他们的她们

作　　者：张佳玮
选题策划：北京凤凰壹力文化发展有限公司
责任编辑：管　文
特约编辑：肖　瑶
封面设计：张　凯
版式设计：Metis 灵动视线

北京联合出版公司出版
（北京市西城区德外大街83号楼9层　100088）
北京旭丰源印刷技术有限公司　新华书店经销
140千字　960毫米 ×640毫米　1/16　16印张
2018年7月第1版　2018年7月第1次印刷
ISBN 978-7-5596-2155-9
定价：39.80元

未经许可，不得以任何方式复制或抄袭本书部分或全部内容
版权所有，侵权必究
本书若有质量问题，请与本公司图书销售中心联系调换。电话：010-85376701